COLLECTION FOLIO

Leonardo Sciascia

Le contexte

Traduit de l'italien
par Jacques de Pressac

Denoël

Titre original :
IL CONTESTO

Leonardo Sciascia est né en 1921, dans la province d'Agrigente, en Sicile. Son œuvre comprend des romans : *Le Conseil d'Egypte, A chacun son dû, Todo Modo;* des nouvelles : *Les oncles de Sicile;* des récits : *Les paroisses de Regalpetra;* des essais : *Le cliquet de la folie;* des œuvres satiriques : *L'évêque, le vice-roi et les pois chiches, Le contexte.*

APERÇU

Nul besoin ici, comme pour Le Conseil d'Egypte, A chacun son dû *ou* L'évêque, le vice-roi et les pois chiches, *d'éclairer un point de l'histoire ou de la topographie de la Sicile. Sciascia nous l'affirme : l'action de cette parodie se déroule « dans un pays absolument imaginaire ». De la Sicile ici seulement la lumière, la couleur, comme pour une pomme de Guttuso, et quelques détails : sans doute le muret d'où s'échappent des branches de jasmin, la place noyée de soleil où se tient le vieux sage, oisif, épris de liberté, à l'ombre de la statue du général Carco, la « merveilleuse plage d'Alès » aussi, peut-être le restaurant d'une banlieue champêtre où le vent, soufflant à travers les vignes, apporte fraîcheur et réconfort sous les tonnelles aux citadins accablés par le sirocco, mais surtout la pharmacie, située entre les ruines d'un château médiéval et le logement d'un brigadier de carabiniers, la robe de chambre et le bicarbonate de Crès, le cercle culturel d'Algo, avec ses deux billards, ses pauvres tables à jouer, son triste guéridon sur lequel sont abandonnés revues de chasse et journaux, ses consoles dorées, surmontées de miroirs ; enfin, assurément, la référence au pays où sont fréquentes « les sautes d'humeur imprévisibles, les contradictions, les actes gratuits et les métamorphoses radicales ». Le reste appartient à l'imagination, à la réalité de partout.*

Œuvre de circonstance, d'actualité, Le contexte ? *Parce qu'on a pu noter une certaine corrélation dans le temps entre la sortie du livre en librairie, l'assassinat à Palerme du procureur Scaglione et d'autres événements criminels, à bon droit suspects, qui ont alors ému les consciences droites ? Non seulement Sciascia nous rappelle que l'assassinat de « son » procureur Varga avait paru dans une revue littéraire dès le début de 1971, mais c'est oublier un peu vite le meurtre, il y a quelques années, du commissaire Tandoï à Agrigente, analogue, pour ne pas dire tout semblable, à celui du procureur Scaglione ; et, en fait de contexte, la trop célèbre affaire Montesi qui, en son temps, avait porté le trouble dans toute l'Italie et s'était finalement terminée sur le goût amer des aventures tragi-comiques du professeur Sotgiù, président communiste du Conseil Général de la province de Rome.*

L'œuvre de Sciascia est assez claire pour n'avoir pas besoin de lanterne. Elle est un élargissement de sa réflexion aux dimensions du monde.

Il convient toutefois de souligner que le terrible contexte dénoncé par Sciascia, s'il s'est largement étendu en notre temps, multipliant les têtes de l'hydre, pouvait se discerner à d'autres époques : les chrétiens de l'incendie de Rome, et, beaucoup plus tard, les « untori » de la peste de Milan, durent leur disgrâce comme les barbus blonds de Sciascia, heureusement moins malmenés, non seulement à la férocité des foules et des « amoureux de l'ordre », mais à un tissu de connivences entre le pouvoir établi et les pouvoirs masqués. N'importe ; ce qui compte pour Sciascia, héritier de

Beccaria, de Verri, de Montesquieu, de Rousseau, en général des Encyclopédistes — plus que de Voltaire, car il a le cœur généreux — c'est la tolérance, l'esprit de tolérance exactement. Et que Jean Calas soit coupable — ce que je crois — ou non, directement ou indirectement, de la mort de son fils Marc-Antoine, n'est pas pour lui en question. (Pas plus, à l'inverse, que pour le président Richès, parangon d'intolérance, disciple en cela du président de Verdun qui fit condamner par le parlement de Toulouse, sous Henri IV, Violante de Castro et ses amants, ses amis même, pour un crime dont il savait qu'ils étaient innocents, mais coupables à ses yeux de débauche publique, mère de tous les crimes.) La question est que l'esprit d'intolérance a présidé, seul, à l'instruction du procès de Calas et à sa condamnation.

Jacques de Pressac.

Il faut faire comme les animaux, qui effacent toute trace à la porte de leur tanière.

Montaigne

Oh Montaigne ! Toi qui te piques de franchise et de vérité, sois sincère et vrai si un philosophe peut l'être et dis-moi s'il est quelque pays sur la terre où ce soit un crime de garder sa foi, d'être clément, bienfaisant, généreux ! où l'homme de bien soit méprisable et le perfide honoré !

Rousseau

O Rousseau !

Anonyme

Le procureur Varga était occupé par le procès Reis qui durait depuis environ un mois et se traînerait vraisemblablement au moins deux mois encore, lorsque, par une très douce soirée de mai, après dix heures, mais pas plus tard que minuit, d'après les témoignages et la nécroscopie, on l'assassina. Les témoignages, à la vérité, ne coïncidaient pas exactement avec les résultats de la nécroscopie : le médecin légiste opinait pour situer l'instant du décès plus près de minuit que de dix heures, tandis que les amis avec lesquels le procureur, homme d'habitudes réglées, passait chaque soir quelques moments et avec lesquels il s'était aussi entretenu ce soir-là, affirmaient qu'à quelques minutes près il les avait laissés à dix heures. Et comme il ne pouvait pas mettre plus de dix minutes pour rentrer à pied chez lui, il restait à combler un vide d'au moins une heure et à découvrir où et comment le procureur avait passé cette heure-là. Peut-être ses habitudes étaient-elles moins réglées qu'elles n'apparaissaient d'abord et y avait-il dans ses journées des heures sans programme, des promenades solitaires et sans but ; peut-être même avait-il d'autres habitudes ignorées de sa famille et de ses amis. De malignes hypothèses furent avancées en secret et chuchotées par la police d'un côté, de l'autre par ses amis ; mais pour en empêcher l'explosion publique, elles furent aussitôt désamorcées par une décision prise au sommet, au cours d'un entretien entre les plus hautes autorités de la Région, condamnant tout soupçon et interdisant toute enquête sur cette heure superflue, comme attentatoires à la mémoire d'une vie qui se reflétait désormais dans les miroirs de toutes les vertus. Bien plus, le procureur ayant été trouvé au pied d'un muret d'où s'échappaient des branches de jasmin, une fleur serrée entre ses doigts, l'évêque dit qu'à l'instant fatal, la fatalité avait pris la forme, petite, mais éloquente, de cette fleur fraîchement cueillie, symbole d'une vie sans tache, d'une qualité d'âme dont le parfum persistait dans les enceintes judiciaires, au sein même de sa famille et d'ailleurs en tout lieu que le procureur avait coutume de fréquenter, curie épiscopale comprise. Et cette vue trouva des applications variées : dans les procès-verbaux de la police, où on lisait que cette halte pour cueillir le jasmin avait offert au criminel une cible fixe (un seul coup, droit au cœur, tiré à une distance de deux ou trois mètres) ; dans les éloges funèbres, où il était dit que le geste de cueillir cette petite fleur montrait assez la délicatesse d'âme et l'inclination poétique, au reste jamais démenties tout au long de la vie de Varga : dans l'exercice de son ministère comme dans sa conduite privée. A un certain moment de son panégyrique le professeur Siras cita d'un ton plaintif « avizad los jazmines con su blancura pequeña »[1], oubliant dans sa douleur que, les facultés auditives des jasmins étant données pour certaines, c'est tout aussitôt que la nouvelle avait été connue, d'abord par la détonation que les experts estimaient assez forte, et par le dernier soupir du procureur ; alors que la police n'avait été avertie que plusieurs heures après qu'un tiers au moins des habitants de la ville eut déjà contemplé le cadavre tout à loisir.

Le procès Reis fut suspendu. Et comme du siège du ministère public le procureur Varga avait soutenu l'accusation avec son implacable lucidité, la police crut pouvoir chercher dans ce procès le mobile qui avait armé le bras du mystérieux assassin. Il n'y avait pas dans l'histoire criminelle de la Région — du moins dans l'expérience des enquêteurs — de précédent de ce genre : jamais accusateur public ou juge n'avait été menacé ou frappé pour l'attitude adoptée dans un procès ou pour un jugement rendu. Mais, considérant que le procès Reis ne reposait que sur des présomptions et qu'une impénétrable obscurité en entourait les faits et les causes psychologiques, le soupçon que quelqu'un avait voulu faire taire l'inexorable accusation de Varga, ou seulement troubler les eaux déjà assez troubles elles-mêmes de l'affaire, fut tenu par la police pour assez prometteur. Mais les parents et les amis (bien rares alors, les amis) de l'accusé

1. Federico Garcia Lorca : *Llanto por Ignacio Sánchez Mejías* (N.D.T.).

apparurent bientôt au-dessus, ou au-dessous, de tout soupçon. On passa alors aux ennemis, leur attribuant un tortueux et diabolique dessein, tendant non seulement à faire apparaître la culpabilité de l'accusé comme certaine, mais à obtenir que d'autres personnes, que le juge d'instruction avait cru devoir laisser en dehors du procès, y soient impliquées. De ce côté aussi les enquêteurs firent chou blanc.

Les recherches en étant au point mort (c'est-à-dire à cette heure — un peu plus peut-être — passée Dieu sait où et comme par le procureur, zone sombre aux frontières de laquelle l'ardeur de la police devait s'éteindre), le ministère de la Sûreté Nationale, afin de rendre à l'opinion publique une confiance dans l'efficacité de la police qu'elle n'avait du reste jamais perdue, ne l'ayant jamais eue, ou pour l'amener à se résigner devant l'impossibilité de résoudre le mystère, décida d'envoyer sur les lieux l'inspecteur Rogas, le plus perspicace de ses limiers selon les journaux, le plus chanceux au jugement de ses collègues. Le ministre ne manqua pas de lui faire parvenir en guise de viatique, par l'intermédiaire du directeur général de la Police, le désir du président de la Cour suprême et le sien propre que toute ombre qui pourrait obscurcir la réputation adamantine du défunt Varga soit appréciée — par lui, Rogas — sans perdre de vue le discrédit qui pourrait injustement en rejaillir sur le corps judiciaire tout entier, et soit donc non seulement exorcisée avec toute la prudence nécessaire dès sa moindre manifestation, mais refoulée, anéantie, dans le cas où elle tenterait de surgir sous une poussée irrésistible. Mais Rogas avait des principes dans un pays où presque personne n'en avait. Et donc aussitôt, mais seul et avec discrétion, il se jeta tête baissée dans la zone interdite ; et sans doute en serait-il sorti, comme un chien sort du brouillard des marais poule d'eau en gueule, avec Dieu sait quel lambeau de la réputation de Varga, si la nouvelle de la découverte sur la plage d'Alès du cadavre (un coup de pistolet au cœur) du juge Sanza ne l'avait arrêté net.

Alès était à une centaine de kilomètres de la ville où se trouvait Rogas pour enquêter sur le meurtre de Varga, mais il ne pouvait s'y rendre sans l'autorisation de son chef. Il la demanda par téléphone et la reçut par lettre. Ce qui le fit arriver à Alès trois jours plus tard, quand déjà la police locale avait arrêté une dizaine de personnes sans lien aucun avec l'affaire et s'agitait pour désigner parmi elles le coupable, au petit bonheur la chance. Rogas fit un examen sommaire des mobiles que la police attribuait aux personnes arrêtées : ils étaient tels que seulement alimentés par la folie ils auraient pu porter à concevoir et à exécuter un assassinat. Et comme aucun de ces suspects ne semblait atteint de folie — tout au contraire, un peu fou paraissait l'inspecteur Magris qui commandait la police locale — Rogas les fit relâcher. Après quoi, installé dans le meilleur hôtel de la ville, sur la merveilleuse plage où le juge Sanza pendant sa promenade solitaire avait trouvé la mort, il se livra avec ostentation à une oisiveté qui frisait le scandale : il nageait, sortait en barque avec les pêcheurs, mangeait le poisson le plus frais, dormait longuement. L'inspecteur Magris tournait autour de lui avec frénésie : humilié de se trouver sous les ordres d'un collègue du même grade que lui, mais jouissant d'un plus grand prestige ; plein de rancœur, mais en même temps savourant par avance l'échec auquel courait ce collègue, son brutal rappel dans la capitale, la dérision des journaux.

Mais Rogas faisait travailler sa matière grise. Deux magistrats tués en une semaine, dans deux villes relativement proches l'une de l'autre, de la même manière et avec des projectiles de même calibre, tirés peut-être avec la même arme (il ne tenait jamais pour des données sûres les oracles de la police scientifique), il estimait que c'était assez pour travailler sur l'hypothèse d'une vengeance qu'un homme injustement condamné se serait promis d'accomplir sur son accusateur, sur ses juges. Bien que le procureur Varga et le juge Sanza ne se soient jamais — à aucun moment de leur carrière — trouvés associés dans un même procès ; et sans doute Rogas, dès qu'il avait appris le second crime, s'en était-il facilement assuré. Mais l'hypothèse résistait et les éléments recueillis étaient suffisants pour ne pas l'abandonner : l'assassin pouvait avoir été condamné par une cour de première instance dans laquelle Varga assurait le ministère public, puis par une cour de seconde instance dans laquelle Sanza faisait partie du collège de judicature (il se pouvait aussi que ce fût le contraire : Sanza en première instance, Varga en appel) ; l'assassin pouvait avoir, pour une de ses deux victimes, commis une erreur : une fausse information, une erreur de mémoire, un cas d'homonymie (message télégraphique : a-t-il existé ou existe-t-il un autre procureur Varga, un autre juge Sanza ? Car, c'est une chose bien connue, des familles entières — et pour des générations — sont vouées à certaines charges) ; l'assassin avait délibérément voulu créer de la confusion, rendre son jeu indéchiffrable, son identité impénétrable, en abattant gratuitement l'un des deux, le procureur ou le juge (message télégraphique : qui parmi des condamnés, à l'issue de procès auxquels avaient participé Varga et Sanza, était sorti de prison pendant les six derniers mois ?). De toute façon, par attachement superstitieux au chiffre trois qu'il estimait lié à sa propre névrose comme à celle des autres, Rogas avait l'invincible pressentiment qu'il y aurait une troisième victime et que ce serait la bonne, celle qui déclencherait le ressort nécessaire à la découverte progressive de la solution du problème. Tel qu'il se présentait actuellement, c'était un problème insoluble. Et donc, Rogas attendait. La troisième victime se dessinait dans son esprit, meublant son imagination et sa rêverie, comme un signe abstrait sur le point de prendre corps, de devenir peu à peu nom, obsèques, héritage, pension de retraite ; et surtout point de départ d'une enquête enfin sortie des nuages (Savinio[1] recom-

1. Célèbre écrivain italien, frère du peintre Giorgio De Chirico (N.D.T.).

mandait de ne pas corriger les fautes de frappe : laissons donc sartie des nuages).

Il n'eut pas longtemps à attendre. Quatre jours plus tard, à Chiro, le juge Azar tombait à son tour : un original, un taciturne qui, dans la terreur d'être contaminé par les maladies et les sentiments, avait passé directement de la jeunesse à la mort. Jamais il n'avait serré la main d'un collègue ou d'un avocat, et quand il ne pouvait se soustraire à la poignée de main, si par exemple un supérieur nouvellement arrivé la lui tendait, il souffrait jusqu'au moment où il réussissait à se terrer derrière un rideau ou en quelque endroit d'où, ne voyant rien, il croyait ne pas être vu : et, tirant de sa poche un flacon d'alcool, il en versait abondamment — la seule chose dont il abondait, cet alcool — sur ses mains maigres, décharnées, cordées d'artères et maculées comme des pierres par du lichen. Le magistrat le plus élevé en grade des tribunaux de Chiro inventa donc, dans son éloge funèbre, un trésor d'humaine bonté qu'Azar dissimulait sous une dure et rugueuse écorce ; alors que l'autre trésor, le vrai, fut découvert par le fils d'une sœur du mort, unique héritier. Lequel, s'étant précipité à Chiro à l'annonce de la fin tragique de son oncle, y serait resté qui sait combien de temps, comme hôte de la prison locale, si Rogas n'était parvenu à le faire libérer. Le jeune homme, qui menait une vie plutôt déréglée, n'avait pas d'alibi pour le soir où Azar avait été tué ; et bien qu'il fût désormais clair pour tout le monde qu'un quidam courait le pays pour se livrer, par esprit de vengeance ou par folie, à l'assassinat en série de magistrats, la police ne renonçait pas à son habitude, presque un rite, de sacrifier rondement — et même allégrement — la réputation des personnes qui avaient été les dernières à voir les victimes vivantes ou qui retiraient de leur mort un quelconque profit.

Ayant gagné la confiance du jeune homme, Rogas, prétendant lui apporter son concours pour l'inventaire de l'héritage, et l'aidant en effet, ne le lâcha plus que l'inventaire ne soit terminé. Qui fit apparaître une somme au moins vingt fois supérieure à celle des traitements perçus de l'Etat en vingt ans par le juge — en admettant qu'en vingt ans il n'eût pas dépensé un sou pour sa nourriture, son logement, ses vêtements et ses désinfectants. Et, d'après son neveu, il avait commencé sa carrière sans rien posséder : le jeune homme avait entendu maintes fois sa mère lui raconter les privations de toutes sortes, la faim, contre lesquelles son frère, maintenant d'un grade élevé et magistrat au prestige inaltérable, avait dû lutter à ses débuts. Ce qui conduisit Rogas à enquêter sur cette fortune, convaincu que même si ces recherches ne servaient pas à découvrir la raison pour laquelle le juge Azar avait été assassiné, elles apporteraient certainement une lueur pour comprendre quel type d'homme il avait été.

Mais à peine Rogas commença-t-il à se lancer sur l'hypothèse de la vénalité d'Azar, à parler de-ci delà avec l'un, avec l'autre, à solliciter des confidences, qu'arriva de la capitale une note comminatoire lui enjoignant de ne plus recueillir de commérages et d'aller droit au but sur la trace, si trace il y avait, du fou furieux qui, sans raison aucune, s'était mis en tête d'assassiner en série des magistrats. La thèse du fou furieux souriait désormais au plus hautes autorités : le ministre de la Justice et celui de la Sûreté Nationale, le président de la Cour Suprême, le directeur général de la Police. Jusqu'au président de la République qui — selon une information confidentielle communiquée à Rogas par son chef — demandait chaque matin si le fou meurtrier avait enfin été capturé. L'affaire — et Rogas en était surpris — n'avait pas encore été jetée en pâture à la politique : pas même par ces journaux toujours prompts à attribuer à une des nombreuses sectes révolutionnaires qui pullulaient dans le pays tout crime d'un caractère absurde ou monstreux.

Par bonheur, avant que Rogas ne manifestât son désaccord avec les directives de son chef, arriva l'information qu'il avait demandée, à peine avait-il connu la mort d'Azar : pendant deux ans environ Azar et Varga avaient fait partie du tribunal pénal d'Algo. Du coup, Rogas disparut de Chiro à l'improviste, tout comme il avait disparu d'Alès. Les journalistes perdirent sa trace, jusqu'au moment où un correspondant local signala sa présence à Algo. On fit alors les suppositions les plus diverses et les plus extravagantes. Qui devinrent même absolument folles lorsque à Algo précisément le juge Rasto fut assassiné. Rogas savait-il qu'à Algo l'assassin devait frapper sa quatrième victime ? Et s'il le savait, comment n'avait-il pas réussi à empêcher le crime ? Avait-il mis trop de temps à le subodorer, ou avait-il tendu à l'assassin un piège qui, le moment venu, n'avait pas fonctionné ? Mais se servir d'un juge comme appât était un peu exagéré. Le journal *La Mèche,* dont les rédacteurs avaient une foi également partagée dans l'irrésistible régénération sociale et dans les non moins irrésistibles forces adverses du mauvais œil, insinua que Rogas, funeste qualité, avait le mauvais œil inné, insinuation qui, passant des rares lecteurs du journal aux nombreuses personnes qui ne le lisaient pas, devint une certitude, si bien qu'au seul nom de Rogas les deux tiers au moins de la population adulte du pays se livrèrent à de multiples signes de conjuration et touchèrent fébrilement amulettes et gris-gris pendant toute une semaine. Au bout de laquelle, craignant que cette attribution de pouvoirs maléfiques ne s'étendît à tout le corps de la police et jusqu'au ministère même qu'il dirigeait, le ministre convoqua inopinément les journalistes pour leur expliquer les intentions de la police en général et de Rogas en particulier ; mais surtout éclaircir les raisons de la présence de l'inspecteur à Algo juste avant que soit assassiné le juge Rasto. Rogas — expliquait-il — était allé à Algo à partir d'un indice qu'il avait réussi à découvrir, le seul indice qui permettait d'une certaine façon de relier deux des trois homicides commis jusqu'alors : Varga et Azar avaient été dix ans auparavant — et pour environ deux années consécutives — ensemble au Tribunal pénal d'Algo. Quant au fait que le mystérieux assassin ait frappé de nouveau précisément à Algo, il s'expliquait par la nouvelle, diffusée par les journaux, de la présence de Rogas dans la ville et devait être interprété comme un défi lancé à la police : défi que la police relevait ; à partir de l'indice découvert par Rogas elle travaillait avec ardeur à mettre la main sur le fou meurtrier. Les déclarations du ministre donnèrent sur les nerfs de Rogas au point qu'il téléphona à son chef en le priant de lui retirer son mandat, si le ministre continuait à lui mettre des bâtons dans les roues. Son chef le calma et lui ordonna de poursuivre l'enquête. Mais, ainsi que Rogas le craignait, la réponse de l'assassin au ministre arriva derechef : dans une ville relativement peu distante d'Algo le juge Calamo tombait à son tour ; et celui-ci n'avait jamais eu, comme on le sut tout aussitôt, de rapport quelconque avec aucune des quatre autres victimes. Ce qui signifiait que l'assassin, ignorant la présence de Rogas à Algo, avait tué Rasto selon un plan préétabli, ou que, connaissant la présence de Rogas, il avait voulu le défier et qu'ayant pris conscience de ce faux pas, de cette erreur, il s'employait maintenant à écarter l'inspecteur de l'endroit où l'avait mené la découverte d'un indice révélateur, et de cet indice même, en l'attirant derrière soi dans le labyrinthe de la gratuité, dans les méandres de la folie.

Mais Rogas ne bougea pas d'Algo. Il avait rassemblé tous les dossiers des procès auxquels avaient participé Varga comme accusateur et Azar comme juge et, selon un critère assez simple, il les partageait et les regroupait après un examen sommaire. Il élimina aussitôt un premier groupe de dix-neuf procès qui s'étaient achevés par un acquittement. Du second groupe — de trente-cinq procès, dans lesquels les accusés avaient été condamnés, qu'ils se soient reconnus coupables, ou qu'ils aient été pris en flagrant délit par la police ou encore convaincus de leur faute par des preuves ou des témoignages irrécusables — il en élimina quatre qui lui parurent, après les avoir attentivement examinés, présenter quelque fausse note dans les procès-verbaux de la police ou dans les dépositions des témoins. Et c'est de ces quatre cas particuliers qui ne l'intéressaient pas directement, qui ne se trouvaient pas dans sa ligne de mire, puisqu'ils ne mettaient pas en cause la mauvaise foi des magistrats, mais éventuellement celle de la police ou des témoins, qu'il acquit la conviction qu'au fond, il était peu difficile de distinguer, même dans des papiers morts, au travers de paroles mortes, la vérité du mensonge ; et que tout fait, dès qu'il était fixé dans l'écriture, posait un problème semblable à ceux que les professeurs croient n'être que du domaine de l'art, de la poésie.

Il remit au greffe du Tribunal les cinquante-quatre dossiers éliminés et conserva un groupe de vingt-deux procès dans lesquels les accusés avaient été condamnés sur des indices, des présomptions, et s'étaient déclarés innocents tant au cours des interrogatoires de police qu'à l'instruction et pendant les débats, toujours.

Rogas dressa une liste de ceux qui dans les vingt-deux procès avaient été condamnés, complétée de toutes les indications qui pouvaient servir à les retrouver. Puis il envoya cette liste aux parquets et aux commissariats de police en mesure de connaître le sort de ces personnes, qu'elles fussent encore incarcérées ou qu'elles aient été libérées. Il apprit ainsi que quatorze d'entre elles étaient encore les hôtes de maisons de force qui, en vérité, portaient bien leur nom, même si une proposition de loi avait été déposée, tendant à changer ce triste nom (mais seulement le nom) ; et que huit autres avaient été remises en liberté, leur peine ayant été purgée, parfois abrégée par amnistie ou remise de peine, soit aussi après un acquittement en appel. Rogas se concentra plus d'une semaine sur ces personnes, sur les pièces de leurs procès. C'était une évasion, une sorte de jeu : il extrayait de ces pièces celles qui pouvaient être utilisées comme preuves de l'innocence des accusés ; il éprouvait un sentiment de liberté et de divertissement à échapper au carcan du métier, à refouler des habitudes professionnelles qui refaisaient sans cesse surface, mettant au contraire en lumière les arguments propres à étayer la culpabilité.

Les éléments qui auraient pu amener les juges à reconnaître l'innocence des accusés l'emportaient dans les huit cas, selon Rogas, sur ceux dont ces mêmes juges s'étaient autorisés pour établir la culpabilité, fonder la condamnation. De plus, injuste au plus haut point lui paraissait l'argument tiré des « antécédents », utilisé dans cinq sur huit des jugements, sous l'attendu : « penchant marqué à la délinquance », comme indiscutable et déterminant. Si à douze ans on avait volé des prunes dans le jardin du voisin, on était bien capable à trente d'avoir tué pour voler. Si au surplus ces prunes, on les avait dérobées dans le jardin du curé, tout laissait croire dix ans plus tard qu'on pouvait fort bien avoir occis sa mère. Et ainsi de suite, les « antécédents » toujours brandis, dans un pays qui possédait pourtant toute une littérature sur les sautes d'humeur imprévisibles, les contradictions, les actes gratuits et les métamorphoses radicales auxquelles les gens étaient ici naturellement sujets. Mais, bien qu'estimant que tenir compte des « antécédents » était un obstacle à la vérité et un déni de justice, Rogas s'arrêta plus longuement sur trois cas dont les acteurs étaient dépourvus d' « antécédents » ; et c'est par ces trois cas-là qu'il commença son enquête active.

Les trois personnes résidaient dans le district d'Algo. Leurs procès, portés, par appels successifs de la défense ou du ministère public, d'une instance de l'appareil judiciaire à une instance supérieure, étaient finalement arrivés devant la Cour Suprême, après un laps d'années plutôt longuet quand on le mesure du fond d'une cellule de prison, mais bref comme un soupir, si on considère le cours sidéral suivi par l'administration de la Justice dans ce pays. Et là, devant l'instance suprême, un doute vint aux juges, non sur les faits pour lesquels les accusés avaient été condamnés, mais sur l'application de la loi au nom de laquelle leur condamnation avait été prononcée ; ils avaient alors été renvoyés devant une nouvelle juridiction pour un nouveau procès. Résultat : pour l'un d'eux, la peine avait été confirmée, pour un autre elle avait été augmentée de deux ans ; le dernier avait été acquitté. Rogas commença par lui. Qui lui semblait, et par son caractère tel qu'il apparaissait à la lecture du procès, et par le fait même — en fin de compte — de son acquittement, devoir être mis rapidement hors de cause.

L'homme n'avait feu ni lieu, ni travail. Non pas qu'il ait été ruiné par le procès et par les quatre années de prison qu'il avait subies : ses ennuis, d'ailleurs, lui étaient venus d'une vocation à l'oisiveté dont il faisait parade et qu'il érigeait en doctrine ; et comme — ainsi que chacun sait — l'oisiveté est mère de tous les vices, il parut à la police et aux juges de première instance qu'elle pouvait assurément engendrer un homicide crapuleux. Point d' « antécédents » donc, mais l'oisiveté.

Il était là, sur la place, assis au soleil au pied du monument du général Carco, lequel un siècle auparavant avait arraché la région à un tyran pour la donner à un autre. L'homme avait tiré son béret sur les yeux. Immobile, dans un total abandon. Peut-être dormait-il. Rogas s'arrêta devant lui, faisant de l'ombre, et comme par jeu souleva le béret. Un regard blasé et interrogatif le fixa. L'homme ne dormait donc pas. Puis l'ombre du soupçon passa dans le regard. Rogas se vit percé à jour, reconnu pour ce qu'il était. Sans changer de position, toujours apparemment dans l'abandon, l'homme était tendu, sur ses gardes.

— Ça va ? demanda l'inspecteur. — Son ton voulait être et était cordial, mais de toute façon, il posait une question, début de tout interrogatoire.

— Non, dit l'homme.

— Qu'est-ce qui ne va pas ?

— Rien ne va.

— Et avant ?

— Avant quoi ?

— Avant, ça allait ?

— Non, jamais.

— Et maintenant ?

— Ben, on est là.

— Toujours ?

— Non, pas toujours. Quelquefois je vais m'asseoir place du marché, d'autres fois au café.

— Pas de petites virées au-dehors ?

— Ça me plaisait bien. Mais la dernière fois que j'en ai fait une, c'était pour aller à Rus : douze kilomètres, à pied. Il y a de ça trois ans.

— Qu'est-ce que tu en penses, toi, de toutes ces tueries de juges ?

Rogas le tutoyait, car le bonhomme était de ceux qui s'attendent de la part de l'autorité à être traités en vieilles connaissances, même durement et sans indulgence.

— Ça me chiffonne, dit l'homme du ton de qui sait bien que sa réponse n'est pas convaincante, mais pendant ce temps en prépare fébrilement de meilleures aux questions qui suivront. — Il passait progressivement de la tension anxieuse à la peur.

— Le procureur Varga..., commença Rogas.

— Il semblait être sûr et certain, celui-là, que j'avais tué le marchand. Il parlait bien, il savait faire croire aux autres tout ce qu'il voulait. Il demandait qu'on m'en mette pour trente ans. Ça l'ennuyait, il disait, que la peine de mort, ça n'existe plus.

— Et le juge Azar ?

— Il m'en a donné vingt-sept. Pas tout seul d'ailleurs : il y avait deux autres juges.

— Je sais. Eux, ils sont encore vivants. Et toi ?

— Qu'est-ce que je pouvais faire ? Je me les suis pris, mes vingt-sept ans. Mais j'ai eu la chance qu'ils m'aient donné un avocat d'office, un jeune qui voulait se faire un nom. Il fit appel et porta mon procès jusque devant la Cour Suprême. C'est comme ça que maintenant je suis ici.

— Mais ces quatre ans de prison ?

— C'est du passé.

— C'est du passé, d'accord. Mais tu les as faits injustement ces quatre ans, non ?

— Je me suis fait cinquante-deux ans de vie injustement. Les quatre que j'ai passés en prison ne me pèsent pas tellement, il faut bien le dire. La prison, on y est en sûreté.

— En sûreté ? Quel genre de sûreté ?

— Manger, dormir. Tout ça est réglé.

— Et la liberté ?

— La liberté, elle est là, dit l'homme en se frappant le front.

— Tu as dit pourtant que tu avais eu la chance d'avoir un avocat qui t'a fait sortir de prison.

— Pour dire. Mais c'est sûr, ça n'a pas été un malheur. Ils disaient que j'avais tué un homme pour lui prendre son argent, l'avocat a prouvé que j'étais innocent ; une chance. Mais pour le reste...

Il fit de la main un geste d'insouciance, d'indifférence.

Rogas lui mit la main sur l'épaule en signe d'adieu et s'éloigna. En se retournant, lorsqu'il arriva au coin de la place, il vit que l'homme avait de nouveau tiré son béret sur les yeux et avait repris son attitude d'abandon. Le soleil. Le repos, l'oisiveté. La dignité du repos ; l'oisiveté, marque de civilisation. Luis Cernuda, *Variaciones sobre tema mexicano.* Belles pages. « La liberté, elle est là. » Eh bien, non. Finalement, on ne vous laisse même pas celle-là.

Pour le second rescapé les choses se présentaient au contraire tout à fait bien, du moins selon l'opinion commune. Il avait un garage, travaillait sans relâche et investissait ses bénéfices dans un florissant commerce d'automobiles neuves ou d'occasion. Mais après tout, pensa Rogas quand il vit le garagiste sortir, en sueur et couvert d'huile de graissage, de sous une automobile qu'il était en train de réparer, les choses ne se présentaient-elles pas mieux pour le dormeur de la place ? L'homme ne comprit pas que Rogas était de la police et lui dit qu'il avait du travail — une voiture de touristes américains à réparer immédiatement — et qu'il ne voyait pas l'urgence de l'entretien que Rogas lui demandait.

— Police. Inspecteur Rogas.

La sueur et la graisse formèrent un masque sur le visage devenu soudain blême.

— Bien, dit-il, allons là.

Ils entrèrent dans un réduit vitré : il y avait là deux chaises, l'homme en indiqua une à Rogas et tomba sur la sienne comme un pantin dont on aurait coupé les fils, désarticulé, inanimé. Puis nerveusement il chercha en tâtonnant ses cigarettes sur la table, en alluma une en fixant l'inspecteur ; on eût dit que son regard apparaissait de derrière un écran ou du fond d'une tanière. Ses mains tremblaient.

— Je suis ici seulement pour un petit contrôle. Ce sera certainement inutile, mais dans notre travail, pour aller de l'avant, il est nécessaire de déblayer d'abord le terrain du superflu, des choses inutiles ; sinon on finit toujours par buter dessus, au moment où on s'y attend le moins... Par exemple, en entrant ici je me suis tout de suite rendu compte qu'il vous serait difficile de quitter cet atelier pour une journée ou même quelques heures sans que vos ouvriers et vos clients non seulement s'aperçoivent de votre absence et s'en souviennent, mais en demandent le motif et l'explication. « Le patron n'est pas là ? — Il est malade... Il est allé à un mariage... Il a été convoqué par le percepteur... — Bon, quand pensez-vous qu'il reviendra ? » Votre absence, en somme, ne peut pas passer inaperçue.

— Elle ne passe jamais inaperçue en effet, dit le garagiste un peu ragaillardi.

— Vous avez compris, je pense, pourquoi j'étais venu vous trouver ? demanda Rogas.

— Je crois que oui.

— Alors, dites-moi donc : vous êtes-vous dernièrement éloigné d'ici pour un certain temps... quelques heures, plusieurs jours..., un temps en tout cas suffisant pour rejoindre Alès, Chiro...

— Absolument pas.

— Et à des périodes qui coïncideraient, continua Rogas, avec les meurtres du procureur Varga et des juges Sanza, Azar, Rasto... ?

— Je vous le répète : absolument pas.

— Mais vous vous souvenez bien d'eux ? Du procureur Varga, du juge Azar ?

— Eux ? La nuit, je les vois en rêve.

Et il se passa la main sur le visage, comme s'il sortait en effet d'un rêve et voulait en effacer le souvenir.

— Vous vous considérez comme leur victime ?

— Pas précisément leur victime. *Une* victime.

— Quel effet cela vous fait-il de savoir qu'ils ont été assassinés ?

— Aucun. J'ai été happé par un engrenage. Il pouvait me broyer. Eh bien, non, j'en suis sorti vivant.

— Pourtant vous étiez innocent.

— Vous le croyez vraiment ?

— Si je suis ici, c'est que je le crois.

— Oui, j'étais innocent... Mais qu'est-ce que cela signifie d'être innocent, quand on est pris dans un engrenage ? Ça ne veut rien dire, croyez-moi. Pas même pour moi, d'une certaine façon. Un type traverse une route et il est renversé par une voiture. Renversé par une voiture, mais innocent : pas de rapport, ça n'a aucun sens.

— Ils ne sont pas tous innocents, dit Rogas. Je veux dire : ceux qui sont pris dans l'engrenage.

— A la façon dont il fonctionne, l'engrenage, ça se pourrait bien qu'ils soient tous innocents.

— Dans ce cas on pourrait aussi bien dire : à la

façon dont fonctionne l'innocence, nous pourrions tous y être pris, dans l'engrenage.

— Peut-être. Mais moi, je n'ai pas de croyance ; alors la chose, je la comprends à ma manière.

Rogas pensa : « Il sait suivre une pensée, arriver vite à une conclusion ». Et, cyniquement : « La prison lui a fait du bien ». Il dit à haute voix :

— Je comprends.

Et reprenant le ton professionnel :

— Ainsi donc, ces derniers temps vous n'avez pas quitté, même pas un jour, votre travail, vous n'avez pas bougé du pays...

— Le dimanche, bien sûr, le garage est fermé ; mais je reste ici à faire les comptes, à mettre de l'ordre, et s'il arrive quelqu'un qui a besoin d'une petite réparation, je ne la lui refuse pas.

— Le dimanche..., dit Rogas. — Or aucun des crimes sur lesquels il enquêtait n'avait eu lieu un dimanche.

— Et le soir, les jours de semaine ? Comment passez-vous vos soirées ?

— Je ferme toujours après dix heures et je vais au restaurant.

— Lequel ?

— Au *Chasseur*.

— Tous les soirs ?

— Tous les soirs ; je vis seul.

— Pourquoi ?

— Vous avez lu mon procès ?

— Oui, je l'ai lu. Je comprends.

Il se leva.

— Je dois vous avertir que je ne peux pas faire moins que de contrôler vos soirées au *Chasseur*.

— Ça ne m'est pas agréable, parce que les gens se mettront à reparler de moi, de mon affaire, des nouveaux soupçons que la police a sur moi. Mais qu'y puis-je ? L'engrenage.

— Je chercherai à faire mon contrôle avec discrétion, avec prudence.

— Je vous remercie.

Rogas sortit du *Chasseur* à trois heures de l'après-midi. Il avait fait un excellent déjeuner : un demi-lapin de garenne sauce gribiche, accompagné d'une bouteille de vin rouge très corsé dont le bouquet évoquait l'arôme exténué du jasmin ; et il avait contrôlé, au-delà de tout soupçon possible, l'alibi du garagiste. Il était satisfait et se sentait sûr de lui : parce qu'il appartenait à la catégorie, toujours plus nombreuse, de ceux qui éprouvent de la joie devant un vrai gibier, un poulet de basse-cour, du pain de campagne ou du vin en fût et célèbrent ces raretés comme des reliques de l'âge d'or ; et aussi parce que dans la personne sur laquelle il dirigeait maintenant son enquête se cristallisaient — lui semblait-il — les données pour ainsi dire idéales d'une aptitude à un type de crime pour ainsi dire idéal. Le processus de cristallisation, tout semblable à celui qu'on observe dans l'amour (Stendhal, *De l'Amour*), avait commencé chez Rogas à la lecture répétée des documents de la procédure, puis en parlant avec tous ceux qui avaient été mêlés de près ou de loin à l'affaire et en recueillant sur la personne en question jusqu'aux informations les plus minces.

Les faits, tels que son collègue Contrera, qui dirigeait alors le commissariat de police d'Algo, les lui avait rapportés, étaient les suivants (non pas d'ailleurs seulement des faits, mêlés qu'ils étaient d'impressions, tout ponctués, à leurs confins, de jugements) : le soir du 25 octobre 1958 une dame Crès se présente au commissariat. Elle demande à parler à l'inspecteur. Le planton, comme ensuite l'inspecteur lui-même, note qu'elle est agitée, bouleversée, effrayée. La dame tient en main un paquet de forme cylindrique. Elle l'ouvre et en tire une petite cocotte de fonte émaillée dont elle retire d'abord le couvercle et qu'elle met sous le nez de l'inspecteur : une espèce de bouillie granuleuse de couleur chocolat.

— Riz noir, dit la dame.

— Comment ? fait l'inspecteur.

— Riz au chocolat, explique la dame. Vous n'en avez jamais mangé ?

— Jamais.

— Moi, je l'adore.

— Ça ne doit pas être mauvais, dit l'inspecteur qui commençait à avoir une certaine appréhension.

— Certes, mais pas celui-ci, dit la dame.

— Et pourquoi ? demande l'inspecteur, feignant le genre d'intérêt qu'on porte au jeu d'un enfant. Il y a quelque chose qui ne va pas dans ce riz ?

— Il y a du poison, dit la dame, terrorisée mais d'un ton solennel.

— Holà ! du poison, dit l'inspecteur, toujours se prêtant au jeu, convaincu qu'il était d'avoir affaire à une folle. Mais qui l'y a mis, ce poison ?

— Je n'en sais rien, dit la dame, mais le chat est mort.

— Ah, le chat... Et qui donc avait intérêt à faire mourir le chat ?

— Personne, je crois ; mais c'est moi qui ai donné du riz noir au chat.

— Ah bon, c'est vous. Mais pourquoi ?

— Parce que je ne savais pas qu'il y avait du poison.

— Racontez-moi tout dans l'ordre, avec méthode, dit l'inspecteur.

Il pense que de deux choses l'une : ou on verra qu'il ne s'agit que de rédiger un procès-verbal de main courante, ou il conviendra d'appeler une ambulance. Mais la dernière réponse de la dame a ébranlé sa conviction qu'il était en présence d'une folle. Et, en effet, la dame expose méthodiquement les faits : son mari est pharmacien et elle l'aide à la pharmacie. Même, ils se remplacent tour à tour. De fait, il est rare de nos jours que les médecins formulent comme jadis : tant de ceci, tant de cela, les poudres, les plantes à infuser ; et avec les spécialités elle se débrouille mieux que son mari, car elle a meilleure mémoire. Quand elle descend à la pharmacie, son mari remonte à l'appartement ou file au cercle pour faire une partie de billard. C'est plus souvent qu'il remonte directement à l'appartement parce qu'il a la manie de faire la cuisine et, vraiment, il faut reconnaître qu'il mitonne certains plats à la perfection. Le riz noir, par exemple, comme il sait le réussir... Et elle en est gourmande. Justement ce jour-là le pharmacien avait préparé du riz noir. Revenu à la pharmacie, il n'en avait rien dit et cela avait été une surprise pour elle de trouver ce riz noir à la cuisine : en forme de coquille, noir et brillant sur un plat du service à fleurs. Il sentait bon la cannelle, peut-être un peu plus qu'il n'aurait fallu. D'habitude, elle ne résiste pas à en goûter aussitôt et à s'en servir une bonne portion. Mais aujourd'hui elle a eu une inspiration, divine assurément : le chat l'avait suivie depuis la pharmacie où il se tenait généralement ; il miaulait, ses moustaches tremblaient à sentir le parfum de la cannelle. Et elle, d'un mouvement instinctif, sans même y penser, avait pris une cuillerée de riz noir et la lui avait jetée là, sur le carrelage.

— Pourquoi ? demanda l'inspecteur.

Et puis, pourquoi sur le carrelage ? Jamais sa femme n'aurait fait une chose pareille ; il prenait une colère quand ses enfants laissaient tomber un bout de viande sous la table pour le chat. (« Grâce à sa femme, pensa Rogas, le collègue Contrera avait posé la seule question sensée de toute l'enquête. »)

— Je vous l'ai dit : instinctivement, sans y penser, par une sorte d'inspiration.

— Je ne crois pas aux mouvements impulsifs contraires aux habitudes ; et encore moins aux inspirations, dit l'inspecteur. N'y a-t-il rien eu de tangible qui ait éveillé en vous un soupçon et vous ait fait agir comme vous l'avez fait ?

— Peut-être la trop forte odeur de cannelle.

— Bon ! fit l'inspecteur en soulignant son scepticisme de deux ou trois b. Bon, continuons... Et le chat ?

— Le chat parut manger avec beaucoup de plaisir ce que je lui avais donné, il lécha consciencieusement le carrelage et leva les yeux vers moi en miaulant pour réclamer une autre cuillerée ; puis soudain il se recroquevilla et parut rentrer en lui-même en soufflant comme un orgue de Barbarie... Mais c'est seulement maintenant que je pense à un orgue de Barbarie ; sur le moment j'eus l'impression d'une manche vide d'un manteau de fourrure qui se retournerait d'elle-même... Puis il se détendit comme un ressort et tomba sur le carrelage de tout son long, sur le flanc, raide.

— Et vous ?

— Moi, morte de frayeur. Mais je fis un effort pour ne pas hurler.

— Pourquoi ?

— A ce moment-là je ne sais pas. Maintenant, à froid, je pense que j'ai peut-être eu l'éclair d'un soupçon.

— Le soupçon que seul votre mari pouvait avoir mis du poison dans ce machin-là, comment l'appelez-vous ?

— Le riz noir, précisa la dame ; et elle ne répondit pas à la question.

Elle était très calme à présent. Une belle femme dans les trente ans, nota l'inspecteur ; un corps vibrant, une chair inquiète.

— Pourquoi donc avez-vous pensé au poison ?

— A quoi d'autre pouvais-je penser ?

— Les chats peuvent bien mourir comme il arrive souvent aux hommes de mourir : dans la rue en allumant une cigarette.

— Le chat qui fume..., dit la dame, en esquissant un sourire. Excusez-moi, j'ai eu soudain devant les yeux l'enseigne d'un café parisien.

— Non, c'est d'un chien qu'il s'agit : *Au chien qui fume,* dit l'inspecteur, un peu piqué. De toute façon, un chat peut parfaitement mourir subitement ; il avale son riz et meurt. Comment n'avez-vous pas pensé un instant que votre chat avait pu mourir à l'improviste ?

— Je ne sais pas ; peut-être parce que depuis quelque temps j'avais des doutes sur l'affection de mon mari.

— Sur l'affection de votre mari ? Mais entre douter de son affection et être certaine — dans un éclair — qu'il avait préparé votre mort par du riz noir, vous avouerez qu'il y a de la marge.

— Je n'ai pas parlé de certitude. Je n'ai que des impressions, des pressentiments, des frayeurs. La certitude nous viendra des analyses. Je vous ai apporté le riz noir ; le chat aussi : je l'ai enfermé dans le coffre de la voiture, dans un sac. Il est donc inutile de continuer à parler de mes impressions avant de connaître le résultat des analyses. Pour le moment je ne peux que vous dire : je crois qu'on a voulu attenter à ma vie, mais j'ignore qui. Si le chat est vraiment mort empoisonné, s'il y a du poison dans le riz noir, alors...

Le chat était mort empoisonné, il y avait assez de poison dans le riz noir pour tuer une dizaine de personnes. Le pharmacien ne nia pas avoir préparé ce gâteau de riz ; exclut d'autre part que nul autre que sa femme ait pu mélanger le poison à l'entremets. En outre, le contrôle du registre des toxiques montra que la quantité de poison glissée dans le plat était exactement celle qui manquait à la pharmacie ; et sur le bocal de verre on ne relevait que les empreintes du pharmacien. Le morceau de papier dans lequel le poison avait été enveloppé fut retrouvé dans sa robe de chambre, qu'il mettait toujours quand il faisait la cuisine ; et dans son portefeuille on trouva, lourde preuve, une lettre très courte qui paraissait écrite par sa femme (les experts jugèrent l'écriture bien imitée, mais en nièrent l'authenticité) : « Je ne peux plus vivre. Tu n'y es pour rien. Ce n'est pas ta faute, n'aie donc aucun remords. Vis en paix. »

Il manquait un mobile, en dehors des vagues impressions de Mme Crès sur l'affection diminuée de son mari envers elle (elle ne se laissa jamais aller à user d'une autre expression et, avec une stricte pudeur, repoussa toute allusion aux rapports sexuels) ; mais quoi qu'il manque, Dieu y pourvoit ; une lettre anonyme arriva presque aussitôt pour fournir une précieuse indication : dix ou quinze jours auparavant, le pharmacien s'était rendu chez une dame de petite vertu et lui avait fait quelques confidences. La créature convoquée au commissariat, il n'avait pas fallu beaucoup pour lui arracher le secret que le pharmacien lui avait confié : il avait une femme « frigide ». Il ne sembla pas à l'inspecteur que le fait d'avoir une femme « frigide » fût une raison sérieuse, un motif suffisant pour qu'un mari tentât d'assassiner sa femme. Cependant, il recueillit la confidence et la transmit sans un mot de commentaire au juge d'instruction, dont les rêves, aux côtés justement d'une femme « frigide », étaient peuplés de femmes « brûlantes ». Ce qui eut pour effet que la frigidité de Mme Crès à l'égard de son mari devint la base sur laquelle le procureur Varga, le juge Azar et consorts édifièrent une condamnation pour tentative de meurtre à cinq ans, qui fut ensuite confirmée en appel ; président : le conseiller Richès, ensuite promu président de la Cour Suprême.

Pendant le procès, le pharmacien Crès, défendu par un avocat qui n'était pas absolument convaincu de son innocence, adopta une attitude qui parut méprisante. Il dit qu'à la lumière du bon sens rien n'empêchait ses accusateurs, ses juges, de penser que tout avait été machiné par sa femme. Cet appel au bon sens irrita procureur et juges. Le procureur lui demanda si sa femme éprouvait de l'affection pour le chat. Le pharmacien l'admit. « *Beaucoup* d'affection ? » insista Varga. Crès répondit qu'il était incapable d'établir ce degré d'affection ; et il ajouta ironiquement : « Pour moi aussi elle semblait avoir de l'affection. » L'appel au bon sens, l'ironie : toutes choses qu'un accusé ne doit jamais se permettre. Varga se lança dans une péroraison sur le cynisme de l'accusé et la conclut par cette déclaration : « Et donc, en admettant même que la dame ait eu l'habileté nécessaire pour concevoir et mettre en œuvre un dessein aussi diabolique (pour quelle raison d'ailleurs, si son mari lui-même ne parvient pas à nous indiquer un mobile, un intérêt quelconque ?), est-il pensable qu'elle en soit arrivée à sacrifier l'innocente bestiole pour laquelle, de l'aveu même de celui qui cherche aujourd'hui à rejeter sur elle l'accusation qui le tient de toute part, elle nourrissait une grande affection ? » Un murmure d'indignation, d'incrédulité, emplit le prétoire d'un long bourdonnement ; la présidente de la Société Protectrice des Animaux, présente à toutes les audiences, ès qualités et aussi comme amie de Mme Crès, cria : « Impossible ! » L'avocat fit au pharmacien un signe qui voulait dire que la cause était irrémédiablement perdue.

Après le procès en appel, Mme Crès disparut. Tout soudain, sans même saluer les amies qui l'avaient entourée pendant ces moments très pénibles. Pour ce qu'on en savait au Commissariat de police, elle pouvait aussi bien être morte. Mais l'inspecteur Contrera, à ce moment de l'affaire, avait son idée. Déjà au cours de l'enquête il avait eu quelque soupçon ; aucune donnée matérielle, certes : seulement le soupçon que tout cet enchaînement d'indices n'était pas privé d'un certain artifice et qu'entre les deux époux, dans leur vie commune sans amour, l'ennui, l'ennui lucide et sans espoir, était davantage sa part à elle que celle de son mari. Lorsqu'il apprit ensuite sa disparition, le soupçon alimenta sa théorie : la femme, pour se libérer du mari et dans la mesure où il le fallait pour organiser sa fuite, avait combiné un crime blanc ; autrement dit, un crime dont elle laissait l'exécution à la police et aux juges : et comme, selon Contrera, jamais une femme ne s'enfuit seule, il devait exister quelqu'un que Mme Crès avait réussi — avant comme après — à maintenir dans l'ombre la plus secrète, la plus impénétrable. Raison pour laquelle Contrera tenta alors de découvrir quelque charge contre elle : mais en vain.

Ses cinq années purgées, le pharmacien était revenu chez lui. Il ne s'attendait naturellement pas à trouver sa femme au foyer, mais il ne se préoccupa même pas de savoir ce qu'elle était devenue. Il avait liquidé la pharmacie, vendu tout ce qu'il possédait, hormis la maison qu'il habitait et à laquelle il était très attaché, malgré les tristes souvenirs du riz noir, du chat, des années qu'il y avait passées avec sa femme et qui devaient maintenant lui apparaître — dans chaque image de la mémoire — sous la sinistre et froide lumière de la trahison. Il sortait rarement et tout aussi rarement recherchait la compagnie de ces deux ou trois amis avec lesquels jadis il jouait au billard et qui le soir, invariablement, passaient à la pharmacie pour y récapituler les faits saillants de la journée.

Rogas, avant de quitter le restaurant, s'était assuré que Crès était chez lui. Depuis trois jours, avec une discrétion facilitée par l'existence d'un château médiéval en ruine d'un côté, du logement d'un brigadier de l'autre et — en face — d'un café, la maison de Crès était constamment surveillée. Lui s'y trouvait. La veille au soir encore on l'avait vu, à la brune, s'approcher du balcon en robe de chambre (peut-être préparait-il du riz noir, pensa Rogas). Lumière allumée jusqu'à plus de minuit. Puis, d'alors à cet instant, plus aucun indice de sa présence dans la maison. Mais, assurément, il devait y être.

Quand Rogas arriva, le policier de faction lui fit un signe presque imperceptible pour lui confirmer que Crès était là. Rogas chercha à la porte de la rue le bouton de sonnette. Point. Il souleva le marteau à tête de lion, le laissa retomber. Percevant la résonance du marteau dans le vide d'un vestibule, le silence plus intense qui la recouvrit comme une lame de fond, Rogas eut le pressentiment que Crès avait quitté les lieux. Il continua pourtant à frapper, toujours plus fort. Puis il se retourna vers le policier de faction et l'appela d'un geste de la main. L'homme accourut, tenant encore le verre d'orgeat dont il se désaltérait béatement. D'un ton de stupeur mêlée de rage l'homme dit : « Il doit être là. » Et il se mit à frapper frénétiquement, en crescendo. « Ça va comme ça », dit Rogas, car la situation commençait à devenir ridicule aux yeux des clients du café qui s'expliquaient maintenant le défilé des policiers à tour de rôle devant les économiques sirops d'orgeat.

— Il fallait s'y attendre, dit Rogas.

Sans penser à Crès, mais à ceux qui depuis trois jours le surveillaient et avaient mission de l'arrêter s'il tentait de s'éclipser. Ce n'était pas la première fois qu'un tel fait se produisait, ce ne serait pas la dernière.

— Il doit y être : peut-être dort-il, ou peut-être veut-il faire croire qu'il n'est pas là, dit le policier.

— C'est possible, dit Rogas : par pure gentillesse envers cet homme bouleversé, agité, haletant comme un coureur arrivant à la corde.

— Que faisons-nous ? demanda le policier.

— Retourne au café, dit Rogas. Je reviendrai cette nuit avec un mandat de perquisition et un serrurier.

Et il s'en alla, en évitant de regarder les spectateurs.

Crès était parti. Il s'était évidemment aperçu de la surveillance et, profitant d'un moment où l'homme de faction s'était éloigné, il était tout tranquillement sorti de chez lui. En deux jours il avait eu la possibilité d'étudier les habitudes de ses cerbères, au troisième il était en état de mettre sa fuite à exécution. Ce n'était d'ailleurs pas bien difficile : c'était presque une tradition du corps de police de laisser filer les suspects, surveillés à distance. En apparence, le phénomène s'expliquait par une négligence invétérée, diffuse et constante, mais en réalité, sa raison profonde — et la plus dangereuse — tenait à l'incapacité des agents de police, et de beaucoup de leurs dirigeants, à concevoir l'existence d'un individu, pour ainsi dire ni chair ni poisson, placé sous surveillance et non pas sous mandat d'arrêt. La structure de la police avait été jusqu'à quelques années auparavant seulement répressive : la psychologie, les habitudes de cette époque demeuraient.

Bien que disant et se disant qu'il s'y attendait, Rogas éprouvait une déception cuisante de ne pas avoir trouvé Crès : et parce que son homme avait quitté en toute tranquillité une maison qui aurait pu aussi bien être surveillée par un aveugle ; et parce que cette fuite, si fuite il y avait, venait compliquer terriblement les choses.

Il était d'ailleurs possible qu'il n'y eût pas fuite : on ne pouvait exclure que Crès ne se fût rendu compte de rien et s'en fût allé sans calcul, sans précautions, sous l'œil même du policier qui, pris entre le piège insidieux du sommeil et celui d'une boisson rafraîchissante, dans la lourde torpeur de midi — mère des mirages —, aurait oublié la raison de sa longue station au café et n'aurait vu dans l'homme qu'il devait surveiller qu'un individu sortant de chez lui pour vaquer à ses affaires ou pour s'offrir la fantaisie d'un peu de frais sur les remparts. Il fallait aussi considérer — considération plus grave — que tous ceux qui prenaient la fuite, à peine étaient-ils seulement effleurés par le regard de la police, ne pouvaient être tenus pour des coupables. Et même au contraire. Dans l'expérience de Rogas il y avait plus de fuites d'innocents que de coupables. Les coupables attendaient souvent de pied ferme que l'attention de la police à leur égard se concrétisât par un mandat d'arrêt; avec impatience, parfois même par un aveu, ils traversaient la zone policière : pour aborder aux rivages judiciaires, plus sûrs, plus garantis, où même les confessions et les aveux avaient besoin d'une preuve; et la preuve, presque toujours, manquait. Les innocents, eux, prenaient la fuite. Pas tous assurément. Mais assez justement, étant innocent, un Crès pouvait s'enfuir : qui, ayant déjà été pris une fois — peut-être innocent, en tout cas sans preuves bien fortes de sa culpabilité — dans l'engrenage policier et judiciaire, en était sorti après cinq ans, et sans même avoir eu la satisfaction d'un jugement —

ou d'une sentence — qui reconnaisse sinon son innocence, au moins l'insuffisance des preuves.

Que Crès ait été condamné, bien qu'innocent, Rogas en était certain. A la place de son collègue Contrera qui avait suivi l'enquête et remis Crès entre les mains de la Justice, en s'en lavant les mains comme Pilate, Rogas, lui, aurait déjà eu à ce moment-là une certitude — innocence ou culpabilité — qu'il aurait glissée judicieusement, avec une discrète et subtile ténacité, dans ses rapports et procès-verbaux. Avoir en face de soi l'homme, lui parler, le connaître, comptait plus pour Rogas que les indices, plus que les faits eux-mêmes. « Un fait est un sac vide. » Il faut y mettre l'homme, la personne, le personnage, pour qu'il prenne forme. Et quel homme était-il, ce Crès, condamné à cinq ans pour tentative de meurtre, avec les circonstances aggravantes de la préméditation et de l'immoralité patente des motifs ? Quel homme aussi était-il devenu après la condamnation, pendant les cinq ans de prison, pendant les cinq autres années au cours desquelles, remis en liberté, il avait vécu jusqu'à maintenant dans sa propre demeure comme dans une prison ? Rogas ne pouvait que l'imaginer, songer. Et l'idée la plus vraisemblable, la plus concrète, à laquelle il était arrivé — imaginant et songeant — était la suivante : Crès était un homme ayant une sorte de vocation pour la prison, un homme qui de la vie s'était fait une prison. La profession : une des plus liées à la servitude qu'un homme puisse choisir et Crès l'avait choisie à dix-huit ans ; à peine sorti du lycée, sinon même avant.

Et librement : non par tradition et contrainte familiale, car son père était avocat et aurait voulu qu'il entreprît des études de droit. Puis, la vie qu'il menait, ses habitudes, ses passe-temps. En outre, une femme « frigide » à ses côtés. Il s'était créé une prison et semblait s'y complaire. Raison pour laquelle la découverte d'une prison dans laquelle on pouvait le maintenir injustement par la force, par la violence, la machination et la décision d'autrui, avait soulevé en lui une haine implacable et lucide, une froide folie homicide. Au fond, dans la vie, créer sa prison est la plus grande affirmation de liberté qui soit. (Rogas se contredisait.) Montaigne, Kant. Et pourquoi rire du pauvre Crès, de son nom accolé à ces noms-là, si du ciel, du château des esprits souverains, Beethoven décrète qu'une parfaite exécution de son quatuor en *do* mineur arrive aux oreilles de jeunes filles en fleur, alors que celles-ci n'entendent rien d'autre que le murmure d'un coquillage, la fanfare d'un régiment ? Cela existe bien, ce qu'Edward Morgan Forster, auteur de l'anecdote imaginaire sur Beethoven, appelait « les sources centrales »[1] : les sources centrales et communes, domaniales pourrait-on dire (la *res nullius,* préférait Rogas), de la mélodie, de la victoire, de la pensée. Beethoven au centre d'un coquillage, Austerlitz d'une partie de campagne. La *Critique de la raison pure* sur un billard. Les *Essais* dans les bocaux d'une pharmacie. Mais la vraie prison, la prison vraie, celle dont les autres détiennent les clés, celle à laquelle ils vous contraignent, est exactement la

1. E.M. Forster, *The eternel moment* (N.D.A.).

négation de la prison à laquelle peut-être tout homme aspire et que quelques-uns, inconsciemment ou non, construisent dans leur propre vie.

En tout cas, Crès était parti. Parce qu'il se sentait encore une fois injustement persécuté, ou simplement parce qu'il voulait poursuivre sa folle vengeance et échapper au châtiment ? Là est le problème pour Rogas. Mais de conscience, non de technique. Techniquement, Crès objet d'une fiche de recherche, s'accusant soi-même par la fuite (car officiellement fuite signifiait culpabilité, même si Rogas ne partageait pas cet avis), le problème pouvait être considéré pour l'enquête comme résolu : demain ou dans un an Crès serait arrêté ou tué (« tué au cours d'une fusillade avec les forces de police »), ou bien encore il continuerait à fuir et réussirait peut-être à échapper aux recherches jusqu'à — pourquoi pas ? — sa complète disparition. Et dans ce cas, si, sur son exemple, des centaines de personnes se livraient au même sport : l'assassinat de juges et de toutes sortes de magistrats, tous ces cadavres seraient portés à son crédit, comme tous les fleuves vont (allaient) à la mer.

Du commissariat Rogas téléphona au procureur d'Algo pour lui demander un mandat de perquisition, à effectuer de nuit et en l'absence du propriétaire. Le procureur, ignorant du cours de l'enquête, voulait tout savoir ; mais il suffit que Rogas parlât de la condamnation subie par Crès — tentative de meurtre — pour que sa curiosité s'éteignît aussitôt dans un : « Ah, il s'agit donc d'un repris de justice », et il promit d'envoyer le mandat. Après quoi Rogas, s'étant fait indiquer le *Cercle Culturel Général Carco,* où il savait pouvoir trouver à cette heure-là un des plus vieux et des plus proches amis de Crès, s'y rendit et, chemin faisant, trouva une distraction à ses préoccupations et ses soucis dans la contemplation des portes cochères, des balcons et des cours intérieures, nombreuses dans les rues étroites et tortueuses de ce vieux quartier. En entrant dans le cercle, situé sur une ravissante place triangulaire, on ne comprenait pas bien son lien avec la culture ; et du reste, la référence au nom du général Carco, à qui on devait l'incendie total de la Bibliothèque Palatine, eût suffi à mettre la puce à l'oreille. Il y avait là deux billards et quatre tables à jouer, un guéridon sur lequel étaient jetés une revue de chasse et un journal, des chaises et deux consoles surmontées de miroirs qui se renvoyaient les images des groupes, absorbés et funèbres, des joueurs de billard et de cartes. Le silence, rompu seulement par le bruit sec du choc des boules sur les tapis, d'un vert délavé, des billards ; et du son plus long — il en semblait plus gai — des boules qui tombaient dans les trous. L'entrée de Rogas divertit un court instant et presque imperceptiblement l'attention des joueurs. Rogas fit un salut, auquel personne ne répondit, et demanda : « Le docteur Maxia ? » Sans lever les yeux de ses cartes, un des joueurs dit : « C'est moi. Vous désirez ? — Je voudrais vous parler », dit Rogas. D'un ton brusque qui ne permettait pas l'illusion de croire que l'entretien pourrait attendre la fin de la partie. Le ton fit son effet. « Je viens », dit Maxia. Il posa délicatement ses cartes en éventail, céda sa place à celui qui se tenait derrière lui, observateur attentif de son jeu. Puis il s'approcha de Rogas.

— A votre disposition, dit-il.

— Je vous remercie. Je suis...

— Allons dehors, si vous voulez bien, interrompit le docteur.

Et à peine dehors :

— Vous êtes l'inspecteur Rogas, j'ai vu votre photographie dans le journal.

— Oui, je suis Rogas.

— Et vous enquêtez sur ces crimes en chaîne qui...

— Oui, admit Rogas.

— Je ne vois pas en quoi je peux vous servir.

Le sourire cérémonieux, le front plissé par une certaine appréhension.

— Je vous prie tout d'abord de m'excuser pour vous avoir enlevé à votre partie. Je voudrais m'assurer de certains détails ; il s'agit d'une petite vérification que je dois faire. Elle concerne votre ami Crès. Rien qui ait, bien entendu, un rapport direct avec l'enquête dont je m'occupe en ce moment. Je dois seulement mettre au clair certaines choses pour éliminer ces coïncidences, ces apparentes liaisons qu'on rencontre dans une enquête, et qu'il faut absolument éliminer pour aller de l'avant.

— Je comprends, dit Maxia. — Qui ne comprenait pas.

— On m'a dit que vous êtes la seule personne que Crès fréquente.

— Ce n'est pas exact. Pour reprendre votre expression, lui ne me fréquente pas. C'est moi qui le recherche, qui essaie de le tirer hors de sa coquille, de lui faire reprendre certaines habitudes, de lui faire rencontrer du monde. Mais c'est temps perdu. Il me vient parfois la tentation de le laisser tomber ; d'autant plus que j'ai l'impression de l'excéder par mes attentions.

— Intéressant, dit Rogas.

— Quoi donc ? fit Maxia, atteint comme d'une flamme par le soupçon.

— Ce que vous venez de me dire.

— Mais, excusez-moi, cher monsieur, que voulez-vous donc précisément savoir ?

— Précisément ? Rien. Je désire seulement que vous me parliez de Crès : de son caractère, de la façon dont il vit...

— Je préfère que vous me posiez des questions : en en parlant comme cela, à bâtons rompus, je crains de dire des choses qui puissent prêter à confusion pour qui ne connaît pas Crès, des choses qui, recueillies par vous, pourraient — sait-on jamais — lui nuire.

— Ne craignez rien de pareil. Rien de ce que vous me direz ne sera inscrit dans un rapport, un procès-verbal. Notre conversation est confidentielle. En fait, je veux me faire une idée de l'homme, du personnage.

— Personnage étrange, dit Maxia.

— Voilà, je vais vous poser une question précise : selon vous, était-il innocent ?

— Je serai sincère : pendant longtemps j'ai cru que vraiment il avait cherché à supprimer sa femme. Il a toujours été un être renfermé, taciturne, renfrogné ; et d'un genre d'homme comme lui on peut tout attendre, en bien comme en mal. Allez comprendre ce qui lui passe par la tête, à un type comme ça. Bon ! Arrive l'accusation, fondée certes sur des indices, mais théoriquement assez crédible ; de l'accusation on passe à la condamnation ; celle-ci est confirmée en appel... On peut y croire. Moi, j'y ai cru.

— Vous l'avez cru coupable.

— Oui, coupable... Mais après, sa femme adopte un comportement assez singulier : satisfaite, proprement satisfaite ; un air de bonheur volontairement dissimulé, mais éclatant dans chaque geste, chaque mot...

— Rien d'autre ?

— Rien d'autre. Puis, comme vous savez, elle a disparu.

— Elle pourrait être morte. Je veux dire : avoir été assassinée.

— Pourquoi ? Par qui ? Où cela ?... Son mari était en prison. Et personne d'autre ne pouvait avoir intérêt à exercer une vengeance sur sa femme qui, injustement ou justement, l'avait fait jeter en prison pour cinq ans.

— On peut *faire* assassiner.

— Dans ce cas, je l'exclus ; et sans même examiner les possibilités morales ou matérielles pour Crès d'envoyer un sicaire. Je l'exclus pour la simple raison que, précisément le jour précédant sa disparition, Mme Crès avait porté à terme les opérations de liquidation de tous les biens dont elle disposait.

— C'est juste, approuva Rogas. Dites-moi, Crès a-t-il su en prison que sa femme avait disparu ?

— Je crois que oui.

— Vous ne le savez pas ?

— Non, je ne le sais pas. Jamais depuis qu'il est sorti de prison, ne serait-ce qu'une fois, il n'a dit un mot de sa femme.

— Même pas sur la machination dont il a été victime, sur son injuste condamnation ?

— Même pas. Jamais.

— Et de quoi parle-t-il, Crès ? Quand il est avec vous, j'entends : il doit bien y avoir un sujet qui revient plus ou moins fréquemment dans vos conversations... Une préférence, un intérêt quelconque... Livres, politique, sport, femmes, faits divers... ?

— Voyons un peu... Mais vous, monsieur l'inspecteur, vous avez bien dit, il y a un instant, si je ne me trompe : son injuste condamnation ? L'avez-vous dit comme cela, pour me donner la réplique sur mon terrain, ou êtes-vous vraiment convaincu que Crès a été condamné injustement ?

— Pas absolument, non : disons à soixante-dix pour cent... Alors, de quoi parle-t-il quand vous êtes avec lui ?

— Il ne parle pas femmes, ce qui serait — vous le comprenez bien — parler de corde dans la maison d'un pendu... Il n'entend rien au sport, la politique ne l'intéresse pas, il ne lit que peu de livres... Je dirais plutôt qu'il aime parler des cas qui se présentent dans la vie : les plus obscurs, les plus compliqués, les plus équivoques, où la vérité est double... Mais il en parle avec détachement, avec légèreté ; avec le plaisir qu'éprouve quelqu'un qui s'amuse d'un spectacle grotesque, d'une farce... En y pensant bien je dirais : comme celui qui a déjà été lui-même victime d'une farce, et se divertit maintenant à voir les autres tomber dans le même panneau.

— Vous dites : se divertit ?

— Peut-être fait-il semblant... Le procès Reis, par exemple : il le suit sur les comptes rendus de trois ou quatre journaux, il en parle souvent.

— Ah, le procès Reis !

— Ne vous méprenez pas, je vous en prie : Crès ne prend pas parti pour l'accusé ; il n'est pas plus convaincu de son innocence qu'il ne justifie en aucune façon le crime dont il est accusé.

— Et quand on a tué le procureur Varga ?

— Rien.

— Mais vous en avez parlé ?

— Oui, mais seulement d'un point de vue pour ainsi dire technique : à savoir si, l'accusateur faisant désormais défaut, il faudrait reprendre le procès depuis son début, ou si la loi prévoyait simplement, dans ce cas, une substitution du ministère public.

— Et Crès espérait que la substitution était possible et que le procès n'aurait pas à être inscrit à un nouveau rôle.

— Comment le savez-vous ?

— Je l'imagine.

Maxia prit une expression méfiante, perplexe. Il commençait à se demander s'il n'avait pas trop parlé et décida d'être plus prudent dans ses paroles. Rogas comprit que le moment était venu de changer de sujet.

— Crès n'est pas là, dit-il.

— Pas là, où cela ? Chez lui ? En ville ?

— Ni chez lui, ni en ville. Disparu.

— Que voulez-vous dire par là, disparu ? Et comment pouvez-vous être certain qu'il n'est pas chez lui ?

— J'y suis allé, j'ai frappé à plusieurs reprises : le silence.

— Il feint de ne pas y être. Avec moi aussi, quelquefois. Mais je n'y prends pas garde, je ne m'en offense pas. Il n'aime pas la compagnie, parfois même pas la mienne... Il m'est arrivé une fois de lire le journal d'un peintre florentin du XVIe siècle : une chose plutôt sordide, un vrai document sur la névrose. Je m'en suis souvenu justement à propos de Crès : le peintre en effet entendait des amis frapper à sa porte et l'appeler. Il feignait de ne pas être chez lui et notait ensuite : « Un tel a frappé, et tel autre, je me demande ce qu'ils voulaient », et il y pensait ensuite pendant deux jours au moins...

— C'est Pontormo, dit Rogas.

— C'est ça, Pontormo... Comment le savez-vous ?

— Je l'imagine, dit Rogas. — Cette fois, ironiquement.

— Pontormo..., répéta Maxia, fort troublé. — Puis, se reprenant : Eh bien, voyez-vous, quand je suis devant sa porte, certain qu'il est chez lui et qu'il ne veut pas m'ouvrir, je calme la rage que je sens monter en moi en pensant justement à Pontormo : je songe que Crès me laisse là, le bec à l'air, pour le plaisir ensuite de se torturer la cervelle pendant deux jours, en cherchant méthodiquement ce que je voulais — sachant pourtant très bien que je ne voulais rien de particulier — et pris du remords de m'avoir maltraité.

— Pontormo apparaît dans son journal comme un hypocondriaque. Qu'en pensez-vous ?

— Il me semble, en effet.

— Crès aussi, par conséquent.

— Etant médecin, je serai plus prudent en ce qui concerne Crès.

— C'est juste. Mais cette fois-ci, mon cher docteur, je crois que Crès n'est vraiment pas chez lui, qu'il est parti pour de bon... Dites-moi donc : êtes-vous sûr que toujours, chaque fois qu'il vous est arrivé de rester à la porte, il était chez lui ?

— Quelle certitude voulez-vous que j'en aie ? Je n'en possède pas de preuves. Et je ne peux pas dire : toujours. Il se peut qu'une fois ou l'autre il ait été effectivement sorti.

— Mais vous avez toujours eu le sentiment qu'il était là.

— Les premières fois, non. Mais, ayant questionné les voisins et comme personne ne l'avait vu sortir, je me suis mis cette idée en tête ; qui correspond du reste au bonhomme, tel que je le connais.

— Et ces temps derniers, vous est-il arrivé plus fréquemment de trouver porte close ?

— Je ne m'en souviens pas... Cela m'est arrivé plusieurs fois, oui : mais je ne peux pas dire si c'est plus souvent que l'année dernière ou qu'il y a trois ans.

— Je tiens à vous dire, en toute franchise, que nous cherchons Crès pour l'interroger au sujet de cette hécatombe de magistrats. Ces derniers jours, nous l'avons fait surveiller ; et jusqu'à hier soir, d'après les hommes de faction, il était chez lui. Maintenant, j'ai la sensation précise qu'il n'y est plus, qu'il a réussi à échapper à la surveillance et à nous brûler la politesse. J'ai demandé au parquet un mandat : cette nuit, si Crès n'est pas là, comme je le présume, ou s'il fait semblant de ne pas y être, comme vous le croyez, nous forcerons sa porte et nous opérerons une perquisition. Dans la circonstance présente, comme ami de Crès et dans son intérêt, j'espère que vous voudrez bien m'accompagner.

— Je viendrai. Mais auparavant je voudrais que nous allions ensemble, maintenant, essayer de nous faire ouvrir.

— D'accord, dit Rogas.

Crès n'était pas là. Rogas nota la netteté et l'ordre avec lesquels était tenue la maison, trop grande pour un homme seul. Mais il y planait un je ne sais quoi de sinistre, comme dans les prisons et les couvents. Ce qui, de plus, parut à Rogas un élément plus sinistre encore — concret celui-ci — c'était un portrait de Mme Crès qui apparaissait (le regard langoureux et les lèvres à peine entrouvertes, comme si elle allait dire un mot d'amour) dans un épais cadre d'argent : et il était accroché en face du lit conjugal, dans lequel, évidemment, Crès avait continué à dormir, puisque sur la table de nuit s'alignaient en bon ordre bouteille et verre, bicarbonate, pastilles pour la toux, chausse-pied, cendrier, avec le troisième et dernier volume des *Frères Karamazov*. Sous le livre il y avait un de ces petits cartons pro-memoria qu'on trouve dans les cigarettes de luxe. L'inspecteur pensa que Crès l'avait utilisé comme signet, et puisqu'il ne se trouvait pas entre les pages, on pouvait présumer que Crès avait fini de lire le livre. « Allons, finissons-en avec les discours et allons au repas funèbre. Ne soyez pas étonnés que nous mangions des crêpes. C'est une vieille, très ancienne coutume, et elle a du bon. » Peut-être l'avait-il terminé en attendant qu'arrivât l'heure de prendre le large, après avoir tout arrangé en prévision d'une descente de police en son absence. Un homme précis, méticuleux : il n'avait rien laissé qui puisse servir à l'identifier ou à faire peser sur lui un soupçon. Pas une photographie, pas une note d'hôtel, pas un billet de chemin de fer, pas le moindre reçu. La personnalité de l'homme qui habitait encore la maison quelques heures auparavant se réduisait strictement au peu qu'on voyait à côté du lit : le bicarbonate, les pastilles pour la toux, les *Karamazov...* Bicarbonate et pastilles en étaient presque à leur fin et c'est pourquoi sans doute il les avait laissés : on pouvait d'ailleurs déduire qu'il en faisait une certaine consommation du fait qu'il mangeait des choses compliquées (on voyait à la cuisine des épices des plus rares et des plus fortes) et qu'il fumait des cigarettes turques. Quant aux *Karamazov,* on pouvait comprendre cette lecture, car dans la bibliothèque peu fournie les Russes — jusqu'à Gorki — prévalaient.

Les cadres vides donnèrent soudain à Maxia une crise de conscience. Il se rappelait très bien une des photographies disparues : qui représentait Crès en pied, légèrement incliné dans une attitude d'affectueux empressement vers sa mère assise ; la vieille dame tenait en main un éventail ouvert et elle semblait tendue vers l'objectif dans l'attente anxieuse que celui-ci rendît bien son geste, d'une coquetterie encore intacte. Pourquoi Crès avait-il fait disparaître cette photographie ? Evidemment parce qu'il ne voulait pas qu'une image de lui tombât entre les mains de la police, ce dont apportait confirmation le fait qu'une grande boîte était pleine de nombreuses photographies de sa mère, de son père, de sa femme et d'un grand nombre d'inconnus qui devaient être des parents, des amis ; mais pas une seule de lui, pas même celle de sa première communion. La loyauté de Maxia envers son ami en était atteinte, d'autant plus que cette nuit blanche commençait à lui peser. Pour Rogas, au contraire, la disparition des photographies constituait un problème dans le problème : ou bien Crès les avait éliminées par une sorte de superstition, dictée par la névrose, de ne pas laisser son image entre les mains de gens qui lui étaient hostiles (car dans les névroses, même chez un homme assez cultivé, les superstitions les plus infimes et les plus anciennes affleurent), ou bien pour empêcher la police de s'en servir dans ses recherches, en les diffusant dans le pays et en les donnant aux journaux pour les publier. Mais, dans ce cas, l'effet de cette astuce serait de courte durée : sous peu Rogas aurait, soit par le bureau des passeports, soit par les archives de la prison dans laquelle Crès avait purgé sa peine, les photographies nécessaires à la chasse qui pourrait prendre son essor. Sans parler de celles qui devaient bien se trouver dans les archives des journaux et des agences photographiques depuis l'époque du procès. A moins que... Et dès que, dans un éclair, lui revint à l'esprit le souvenir du désordre et de l'incurie qui régnaient là, où on devrait veiller à la garde et à la conservation des choses, et combien il était facile de soustraire des archives historiques un décret de Charles VI ou un mémoire du général Carco, et des greffes judiciaires le dossier d'un procès, Rogas eut le pressentiment qu'il ne trouverait nulle part de photographies de Crès.

En effet, il n'en trouva pas. Et les deux publiées dix ans auparavant dans les journaux étaient inutilisables : sur l'une on ne voyait nettement que l'inspecteur Contrera et sur l'autre l'avocat de la défense, avec la silhouette de Crès derrière un verre opaque. Quant au fameux dessinateur de la police qui avait réussi une fois à faire arrêter un voleur en en faisant le portrait à partir de la description qu'en avait faite le volé, si on avait diffusé le visage qu'il dessina, après deux jours de travail, avec l'aide du docteur Maxia qui sans trêve lui décrivait Crès et lui indiquait les retouches à apporter, on aurait couru le risque de déclencher une persécution au détriment d'un célèbre acteur de cinéma. Finalement, on envoya la description d'un homme d'un mètre soixante-quinze, maigre, brun, les tempes dégarnies, quelques cheveux blancs, une denture parfaite, le nez légèrement aquilin ; qui préférait s'habiller de gris et disposait de beaucoup d'argent. C'est ce dernier trait qui le rendait pratiquement invulnérable : à condition qu'au cours de ses voyages et de ses séjours il n'abandonnât pas la classe de luxe, où la police n'exerçait son contrôle que très timidement.

Crès, en somme, était devenu invisible. Rogas se forma aussi une idée précise de la façon dont Crès avait réussi à se procurer de faux papiers d'identité : il avait connu en prison un des plus habiles faussaires du pays, peut-être même le plus connu des polices de quatre ou cinq Etats. Un homme sérieux, très scrupuleux et loyal envers sa clientèle. Des compagnons de prison, interrogés sur ce point, se rappelèrent que ce faussaire était en relations très suivies avec Crès pendant ses années de prison. Rogas fut le trouver, car lui aussi était désormais libéré : mais l'homme lui dit seulement qu'en prison il avait joué aux échecs avec Crès, parlé livres et qu'il en avait gardé un bon souvenir ; sorti de prison, il ne l'avait pas revu, il était même désireux d'en avoir des nouvelles. Allait-il bien ? Avait-il obtenu la révision de son procès ? Si l'inspecteur avait l'occasion de le voir, aurait-il l'obligeance de le saluer de sa part ? Rogas, du reste, ne s'attendait pas à une autre attitude.

A ce moment-là, Rogas en était arrivé dans son enquête à une solution fondée, certes, sur des indices, mais assez vraisemblable. Il fallait maintenant retrouver Crès : et la première chose à faire était un contrôle des registres des hôtels, dans les villes où les crimes avaient été commis, et pour les jours où ils avaient eu lieu, en vérifiant si d'une ville à l'autre — aux dates des crimes — on ne buterait pas sur un même nom ; qui serait celui porté par

Crès sur ses faux papiers. Non pas que Rogas espérât vraiment un résultat positif, mais c'était un travail qu'il fallait faire : et d'ailleurs, les nombreuses enquêtes criminelles dont il s'était occupé lui avaient enseigné que dans le plan le plus parfait, le plus soigné dans les détails, malgré les subtilités et les nuances, il se glisse toujours — pour la perte de son auteur et sans qu'on puisse s'y attendre — l'erreur la plus sotte, la plus grossière des pierres d'achoppement.

Cependant que, revenu dans la capitale, l'inspecteur se préparait à rédiger un rapport complet sur son travail, c'est là que tomba à son tour le procureur Perro. Et, cette fois, il y avait des témoins : un vigile nocturne, une prostituée, un monsieur qui, incommodé par une trop forte chaleur, prenait le frais sur son balcon. Aucun des trois n'avait été vraiment spectateur du crime ; mais, aussitôt après avoir entendu le coup de feu, tous les trois avaient vu fuir deux personnes. A la rapidité et à la légèreté de leur course, on pouvait sûrement affirmer qu'elles étaient jeunes ; on pouvait aussi dire, à en juger par leur coiffure et leur habillement (car, indécises, elles s'étaient arrêtées, un court moment, sous un réverbère), que c'étaient des jeunes gens d'un certain type, d'une certaine tendance. « Ils laissaient pousser long et librement barbe et moustache, leur chevelure très longue et non peignée tombait sur leurs épaules... Ils s'ornaient de colifichets... les manches très serrées au poignet... capes, braies, les pieds chaussés de mille manières... » (Procope de Césarée, *Histoire secrète*).

La nouvelle réjouit le pays tout entier; ou presque. Le moral et la morale en furent ébranlés : au Parlement, au gouvernement, dans les journaux, dans le clergé, chez les pères de famille, les professeurs. Et aussi dans la classe ouvrière et le Parti Révolutionnaire International qui la représentait. Pas un journal qui épargnât à la police sarcasme voilé ou franche raillerie. La question que chroniqueurs et commentateurs, gouvernementaux ou d'opposition, se posaient ou posaient sous des formes diverses était : comment, dans un pays agité par des groupuscules de jeunes gens qui prêchaient la violence comme moyen et comme fin, la police avait-elle pu s'en tenir à la thèse d'un criminel solitaire, d'un fou ivre de vengeance ?

Le directeur général de la Police et le ministre de la Sûreté Nationale se le demandaient également. La question fondit sur Rogas comme un ouragan. En vain l'inspecteur tenta de faire comprendre à son chef qu'il ne s'était rien passé qui ait affaibli la validité de la thèse suivie jusqu'alors et qu'il fallait ramener le témoignage concordant des trois honorables citoyens dans les limites de ce qu'ils avaient effectivement vu : deux jeunes gens s'éloignant, en fuyant, du lieu du crime. En vain : le directeur général se fâcha même et enjoignit à Rogas d'oublier ce Crès qui, le pauvre, s'était sans doute enfui devant une injuste persécution ; et de se mettre sans délai à travailler avec son collègue de la section politique, s'il voulait se racheter et racheter le corps de la police de l'erreur dans laquelle il était tombé.

Rogas n'oublia pas ce Crès qui maintenant, grâce à un vigile nocturne, à une prostituée et à un monsieur qui souffrait de la chaleur, pouvait poursuivre l'exécution de son dessein en jouissant d'une liberté et d'une immunité pratiquement illimitées.

L'intérêt professionnel de Rogas avait diminué, mais son intérêt humain demeurait, et son point d'honneur. Un jour ou l'autre il rencontrerait Crès, peut-être pas d'ailleurs pour l'arrêter ; mais il fallait y arriver et il y arriverait. Pour le moment, il était aux ordres de son collègue de la section politique : ce qui n'était rien d'autre qu'une punition, une dégradation.

Les bureaux de la section politique semblaient une succursale à peine installée d'une bibliothèque de bénédictins : à chaque table un fonctionnaire plongé dans la lecture d'un livre, d'une brochure, d'une revue ; et dans tous les coins un amoncellement de livres, de brochures, de revues aux titres lourds de menaces et incompréhensibles.

— Nous sommes en train de lire toutes les publications des groupuscules parues ces dix derniers mois et nous notons les articles ou les passages qui attaquent notre administration de la Justice, lui expliqua son collègue, chef de la section politique. Jusqu'à présent nous en avons trouvé trois ou quatre d'une certaine violence ; mais notre attention s'est arrêtée particulièrement sur celui-ci. — Il prit une revue, éditée sur gros papier jaunasse, l'ouvrit, montra à Rogas une page marquée en marge d'un trait rouge et toute pleine de phrases soulignées au crayon bleu. — Lisez cela, c'est une de ces choses écrites tout exprès pour enflammer les esprits faibles, pour faire délirer tous ceux qui ont déjà perdu le juste sens des choses.

Rogas lut, distraitement. Il pensait au juste sens des choses : celui de son collègue, celui de Crès.

— Effectivement, dit-il en restituant la revue, c'est un article plutôt vif : on pourrait l'incriminer pour outrage à magistrat, peut-être même pour instigation au crime.

— C'est déjà fait, mon cher collègue, c'est déjà fait. — En appuyant avec condescendance sur le mot collègue, pour faire entendre qu'en fait ils ne l'étaient pas. — Le problème est de savoir qui l'a écrit. Oui, c'est entendu, pour l'inculpation nous avons le directeur de la revue. Mais l'article est anonyme : est-ce lui qui l'a écrit, ou n'est-ce pas lui ?... Parce que, voyez-vous, j'ai dans l'idée que tous les coups, je pense aux meurtres des magistrats, sont portés par le groupuscule qui publie cette revue. Et savez-vous comment j'en suis venu à cette idée ? Parce que le groupuscule — que nous surveillons — s'est comme évaporé ces derniers temps : il n'en est resté sous nos yeux qu'une dizaine de membres ; la plupart ont disparu et nous n'avons pas réussi à les retrouver.

— Ne pensez-vous pas que c'est la saison qui a dispersé le groupuscule ? — Cela faisait une certaine impression à Rogas que le mot groupuscule soit passé des articles de M. Aron dans les bureaux de la police ; il le prononçait, quant à lui, entre guillemets. — Ils sont peut-être allés à la mer, à la montagne ; peut-être voyagent-ils à l'étranger.

— Nous y avons pensé. Mettons qu'ils se trouvent à la mer ou à la montagne, ils s'y sont camouflés en tout cas.

— Mais non, sans doute sont-ils dans les villas de leurs parents, sur des yachts... Je parie que ceux qui sont restés sous le regard de la police sont les plus pauvres.

— C'est possible. — Et laissant tomber l'objection : Le directeur de la revue aussi a disparu... Et ce que je voudrais maintenant, c'est que vous remettiez la main dessus : mais, que ceci soit bien clair, pas pour l'arrêter.

— Ce ne sera pas facile.

— Plus facile à vous qu'à nous, je présume. Vous êtes presque un homme de lettres.

Ce dernier mot dit sur un ton qui se voulait agréable et flatteur, mais laissait transparaître persiflage et mépris : car Rogas avait cette mauvaise réputation, auprès de ses supérieurs et de ses collègues, tant pour les livres qu'il tenait sur son bureau que pour la clarté, l'ordre et la rédaction — réduite à l'essentiel — de ses rapports écrits. Lesquels étaient si différents de ceux qui depuis au moins un siècle traînaient dans les directions de la police, qu'ils donnaient souvent lieu à des exclamations telles que : « Comment diable écrit-il, ce garçon-là ? », ou encore : « Mais qu'est-ce qu'il raconte, celui-là ? » De plus, on savait qu'il voyait quelques journalistes, des écrivains ; et qu'il fréquentait théâtres et galeries d'art.

— Je ne suis pas, comme vous dites, presque un homme de lettres.

Avec brusquerie.

— Excusez-moi, je voulais dire que vous aviez des relations parmi ces gens-là.

— Même pas. Je connais trois ou quatre journalistes et, en vérité, très peu d'hommes de lettres. Mais je suis lié d'amitié, depuis le temps du lycée, avec un écrivain : Cusan.

— De toute façon, vous êtes plus à même que nous de... Donc, vous devrez : premièrement localiser l'endroit où se cache le directeur de la revue et m'en avertir immédiatement, de façon que je puisse organiser une étroite surveillance ; deuxièmement, une fois que la surveillance sera en place, vous lui rendrez visite et en parlant avec lui vous tenterez de lui arracher discrètement tous les renseignements possibles sur la revue et le groupuscule. Vous vous arrangerez pour le mettre sur ses gardes afin qu'il se remue un peu et mette à son tour ses amis sur leurs gardes. Inutile de dire que nous, nous mettrons sur écoute le téléphone de la maison où il s'est réfugié... D'accord ?

— D'accord, dit Rogas. — Avec une grande lassitude.

Le Directeur de la revue ***Révolution permanente*** était l'hôte — Rogas l'apprit aussitôt — de l'écrivain Nocio. Rogas en avertit son collègue de la section politique, qui disposa sans délai surveillance et écoute téléphonique. Deux heures après, Rogas frappait à la porte de la petite villa des environs où Nocio avait l'habitude de passer l'été et où — chaque été — il écrivait un livre.

Vint lui ouvrir une femme de chambre, en tablier et petite coiffe de dentelle, qui le dévisagea avec méfiance et, avant même que Rogas eût ouvert la bouche, lui dit :

— Monsieur Nocio n'est pas là.

— Je suis inspecteur de police.

— Je vais voir s'il est là, dit la femme de chambre : en rougissant pour le mensonge qu'elle venait de faire, ou peut-être émue de se trouver en face d'un inspecteur de police, chose qui ne lui était encore jamais arrivée dans cette maison.

Nocio était là. La femme de chambre introduisit Rogas dans le studio grand et sombre au fond duquel, assis derrière un bureau sur lequel tombait la lumière d'une lampe à pied, se tenait Nocio. Lequel, lorsque l'inspecteur fut à trois pas, leva les yeux du manuscrit qu'il semblait en train de corriger, se leva avec effort, en s'appuyant au bras de son fauteuil, contourna son bureau et tendit la main.

— Je suis l'inspecteur Rogas.

— Très heureux. Je suis à votre disposition. Il dit cela en ouvrant les bras pour signifier qu'étant, lui, un innocent à toute épreuve, il pouvait faire bien peu pour la police qui, comme chacun sait, cherche toujours un coupable.

— Je suis venu vous déranger, dit Rogas, parce que nous avons appris que monsieur Galano, directeur de la revue *Révolution permanente*, est votre hôte.

— Pas le mien. Celui de ma femme.

— Ah ! fit Rogas.

— Ne pensez pas ce que vous êtes en train de penser, dit Nocio en riant. Ma femme a dépassé l'âge canonique et c'est le cas de dire qu'elle est auprès de lui une servante de curé, d'un prêtre de la révolution. Et puis, entre nous, Galano...

— Je sais, dit Rogas.

— C'est vrai, chez vous on sait tout... Et vous avez su — ceci dit ironiquement — que Galano est mon hôte : information d'ailleurs pas tout à fait exacte. Il est l'hôte de ma femme. De vous à moi, je ne peux pas le souffrir : c'est un petit intellectuel hystérique de province. Que dis-je, intellectuel ? C'est un de ces crétins qui donne l'illusion de tenir des propos intelligents. Il en faut peu aujourd'hui pour acquérir cette habileté d'illusionniste. « Des mots, des mots, des mots... »[1] Vous lisez sa revue ?

— Un article de-ci de-là. Devoir professionnel.

Nocio se laissa tomber sur un fauteuil en proie à un rire presque silencieux, mais irrépressible, viscéral.

— Devoir professionnel ! Savez-vous bien que vous venez de dire un des plus beaux mots que j'aie entendus depuis des années ? Devoir professionnel ! Sublime !... Mais asseyez-vous, je vous prie. — Il lui indiqua un fauteuil en face du sien. — Avez-vous vu, continua Nocio, reprenant contenance après son soudain accès de gaieté, cette partie de la revue qui concerne les livres ? C'est une rubrique intitulée l'*index*... Ce crétin, Galano bien entendu, a découvert l'*index librorum prohibitorum* : après plus de quatre siècles et au moment où l'Eglise catholique y renonce... Tous mes livres, systématiquement, trouvent place dans son *index*. Vous vous imaginez : mes

1. Refrain d'une chanson à la mode (N.D.T.)

livres ! Les livres les plus révolutionnaires qui aient été écrits dans ce pays depuis trente ans !

« C'est un ingénu, pensa Rogas, il a dévoilé tout de suite son point sensible. »

— Certes, approuva-t-il ; mais seulement pour le réconforter.

— C'est un fait évident, reprit Nocio, que ce sont des catholiques. Ce sont des catholiques vieux jeu, fanatiques, funèbres ; et ils ne le savent pas. Quel dommage que l'Eglise catholique ait une telle hâte de se mettre au goût du jour. Si elle se retranchait derrière son autorité, redevenait fermée et impitoyable comme au temps de Philippe II, de l'Inquisition, de la Contre-Réforme, ces gens-là accourraient par troupeaux entiers dans son sein. Interdire, porter partout l'Inquisition, punir : voilà ce qu'ils veulent.

— Mais si cela arrivait, l'Eglise catholique pèserait de nouveau sur nous comme au temps de la Contre-Réforme. Et ce n'est certainement pas ce que vous voulez vous-même, observa Rogas.

— Non, je ne le veux pas. Et du reste, cela ne peut pas arriver. Mais j'en ai un désir fou, j'en rêve la nuit. Tout serait plus clair, plus net : eux d'un côté, moi de l'autre. Mais comme sont les choses, je suis obligé d'être avec eux, de leur côté, du côté de Galano qui me met à l'index. La révolution, vous comprenez ! ce mot, qui n'est qu'un mot, m'engage, me tient sous leur coupe, me lie à Galano et à tous ceux de même farine. — Et dans un cri : Je les hais !

Une pause. Puis Nocio se leva, alla à son bureau, y prit quelques feuillets et retourna s'asseoir en face de Rogas.

— Savez-vous ce que je faisais quand vous êtes entré ? Je relisais et je corrigeais des vers que j'ai jetés sur le papier hier soir dans un accès de rage. Des vers ! Je n'en ai plus écrit depuis le lycée... Lisez-les.

Il lui tendit les feuillets, un peu nerveusement, comme s'il avait honte de la décision qu'il venait de prendre. Rogas lut :

Avec arrogance vous répétez par cœur
ce que vous ne savez pas
idées - spray écume de vieilles et neuves idées
(plus vieilles que neuves)
qui fondent sous la bave de vos lèvres
comme hier à peine dans les bras de votre maman
— la maman la maman —
la glace à la vanille. Et elles coulent
le long de vos barbes de proto-martyrs
imposture cultivée
image-fiction d'une maturité qui vous rende
les égaux du père et donc prêts à l'inceste
La maman
le problème n'est que là
la femme qui est dans le lit de votre père
et vous annoncez son règne
et sous vos barbes vous avez des visages
de petits saintlouis [1] *du néo-capitalisme*
toutes les tares des Gonzague dans ce visage émacié
toutes les tares de la bourgeoisie dans le vôtre

1. En italien un saintlouis (un sanluigi, en un seul mot), par référence à saint Louis de Gonzague, patron de l'obéissance et de la chasteté, désigne un adolescent chaste et sage, un « bon petit jeune homme » (N.D.T.).

Lui élevé entre les nains et les bouffons
entre les bossus et les impuissants
produit distillé par le mal napolitain
qui ne fut saint que parce que jamais
il ne regarda sa mère en face
qui était femme
et vous la regardez en face en pensant
que c'est une truie puisqu'elle couche avec votre père
car vous êtes plus saints que lui, même si vous ne le savez pas
et vous aussi avez grandi
entre bouffons nains et impuissants
entre l'or et la vérole
la barbe donc pour rendre indéchiffrables
vos faces de gigolos délicats
d'invertis
de pervertis
et Robespierre qui n'avait pas de barbe
rit de vous de votre révolution
son crâne rit
ses cendres
son homéomérie qui vaut plus
que toute votre vie
vous vivants lui mort
et Marx aussi rit qui avait une barbe
chaque poil de sa barbe rit
il rit des coquilles vides qu'il vous a laissées
grelots vides tintinnabulants
de la semence séchée de la semence morte
et vous vous en parez comme mulets de foire
vous les faites sonner dans l'oisiveté dans l'insatisfaction
[*dans l'écœurement*
(la semence vivante de Marx vit chez ceux qui souffrent
qui pensent

qui n'ont pas de drapeaux)
Ils rient Robespierre et Marx
mais peut-être aussi pleurent-ils
de cet homme non humain qui en vous s'accomplit
de la pensée qui ne pense pas
de l'amour qui n'aime pas
du perpétuel fiasco du sexe et de l'esprit
par lequel vous annoncez le règne des mères
et that is not what I meant at all
that is not it, at all
non pas cela pas cela
et nous non plus nous ne voulions pas cela
nous bouffons
vicieux
corrompus
nous pères
même pas nous
car si nous prostituions la vie nous comprenions l'amour
nous prostituions l'esprit mais nous comprenions la pensée
la raison
le sexe
l'homme et la femme
la douleur
la mort
Talleyrand disait que la douceur de vivre
ne la connaissaient que ceux qui comme lui
avaient vécu avant la révolution
mais après vous (non pas après votre révolution
car vous ne la ferez pas) il n'y aura plus
de trace de reflet d'écho
de la douceur de vivre
et de vous il ne restera pas d'histoire
sinon dans les archives du fédéral narcotic bureau.

L'homme humain a eu sa lune
humaine déesse
calme lumière d'amour
vous avez la vôtre
grise pierre ponce pustuleuse
désert digne de vos os non plus humains
nature morte avec les mortes ampoules de la raison
mais déjà vous ne savez rien
de la fable d'Arioste sur Roland
de sa raison récupérée par Astolphe
au cours d'un voyage lunaire
de la raison scellée dans un fiasco
comme le vôtre (mais irrécupérable
est le vôtre). Le fiasco nature morte
le fiasco farce de l'éros
comme disait Stendhal
en italien dans le texte
Stendhal que vous ne connaissez pas
Stendhal qui parle
la langue de la passion à laquelle vous êtes morts.

— Intéressant, dit Rogas. Vous la publierez ?

— Vous voulez rire ?

Les traits de son visage, de graves et délicats qu'ils étaient, devinrent vulgaires. « Un marchand, pensa Rogas, qui s'entend faire une offre qui le mènera à sa perte. »

— Vous voulez rire ? Déjà, ils me montrent du doigt comme réactionnaire ; si je sors une chose pareille, je serai piétiné, écrasé : une pierre tombale, une épitaphe.

— Pourtant, vous avez senti le besoin de l'écrire, vous l'avez écrite.

— Pour me soulager. Un épanchement momentané. Fou. Vous me direz que cette poésie peut contenir des vérités, des intuitions. Soit. Mais elles ne comptent pas en regard de la grande et unique vérité de la révolution : qui sera, qui arrivera aussi sûrement qu'après la nuit vient le jour... Sans doute, ce n'est pas Galano qui la fera ; ni les gens comme lui... Mais elle arrivera : et Galano et tous les autres qui en parlent sans la comprendre et sans l'attendre sont dedans jusqu'au cou, au cœur même... Il se peut qu'ils soient les premiers à être dévorés, mais pour le moment ils y sont et y resteront jusqu'à ce qu'elle éclate. — Puis, changeant de ton : Avez-vous lu Pascal ?

— Je l'ai lu.

— Vous vous rappelez sa pensée sur le pari ? Sur le moment cela paraît scandaleux...

— Je dirais même monstrueux.

— Et, en définitive, cela ne l'est pas... Si je crois en Dieu, en la vie éternelle, en l'immortalité de l'âme, même si tout cela n'existe pas, quel prix ai-je à payer ? Aucun. Si, en revanche, je ne crois pas et que tout cela existe, le prix à payer est la mort éternelle... Maintenant, cette possibilité du pari est passée de la métaphysique à l'histoire. L'au-delà c'est la révolution. Je risquerais de tout perdre, si je pariais sur sa négation. Mais si je parie pour l'affirmer : je ne perds rien si elle n'arrive pas, je suis gagnant si elle arrive... Ce n'est pas une proposition monstrueuse, comme vous dites : l'énoncé utilitaire ne doit pas faire oublier que nous sommes toujours dans le problème du libre arbitre pour Augustin et pour Pascal, de la liberté pour moi... Vous n'avez pas ce problème? Vous ne pariez pas? Vous ne voulez pas parier?

— Je déteste les paris, quels qu'ils soient. Je ne veux pas courir le risque de gagner. Et j'ai un faible pour les défaites, pour les perdants, les vaincus. Je peux vous dire aussi que je me découvre ces temps-ci un certain amour pour la révolution : justement parce que désormais elle est vaincue.

— Je vous dirai, sans la plus petite intention de vous offenser, que votre point de vue est professionnel : à force de vivre au centre des institutions de l'Etat bourgeois, de les défendre, vous avez fini par croire qu'elles ont un pouvoir de résistance pratiquement inépuisable. Vous ne voyez donc pas ce qui se passe dans notre pays? Les problèmes deviennent de plus en plus brûlants à la flamme de la pensée.

— A condition qu'il y ait une flamme et qu'il y ait une pensée, dit mélancoliquement Rogas.

— Eh oui, à condition... — Il observa Rogas avec attention, mais discrètement. Puis sur le ton d'une boutade : Je ne pense pas que parler de révolution soit un délit?

— Professionnellement cette fois, je puis vous assurer que plus nous en parlerons, mieux ce sera.

— O Galano! invoqua comiquement Nocio. — Et il se rappela soudain la raison pour laquelle Rogas était là. — Mais c'est vrai, vous êtes venu pour lui parler! Excusez-moi, je le fais appeler tout de suite.

Il alla à son bureau, prit une clochette d'argent, l'agita longuement. Ce qui fit accourir la femme de chambre.

— Dites à monsieur Galano, et naturellement aussi à ma femme, qu'il y a ici un inspecteur de police qui désire lui parler. — Et à peine la femme de chambre disparue, il prit les feuillets qu'il avait fait lire à Rogas et les enferma dans un tiroir de son bureau dont il mit la clé dans sa poche.

— Vous les détruirez ? demanda Rogas.

— Pourquoi ? — D'un air surpris, agacé.

— Vous ne pouvez rien laisser qui puisse vous faire perdre votre pari... Mais je me demande : et si, par aventure, c'est par ces feuillets que vous pourriez gagner ce pari ?

— Je vous en prie ! dit Nocio, par allusion peut-être à la folie éphémère de ces vers, peut-être aussi pour l'avertir de ne plus en parler, car Galano était entré dans la pièce, avançant d'un silencieux pas de danse.

Il arrêta son vol devant Nocio et, feignant l'anxiété, le désarroi, il demanda :

— Un inspecteur de police ? Pour moi ?

Nocio montra Rogas qui s'était levé.

— Il va m'arrêter ? demanda Galano, en louchant vers Rogas d'un air langoureux.

Il se retourna vers Nocio :

— Tu crois qu'il va m'arrêter ?

— Je n'en sais rien, dit brusquement Nocio.

— Ça te plairait, hein ? dit Galano, agitant le doigt comme pour faire la leçon à celui qu'on a pris en faute.

— Qu'est-ce qui lui plairait ? demanda Mme Nocio depuis la porte sur le ton de « attends un peu que je le remette à sa place ». Rogas lui fit un léger salut et pensa : « Tallemant des Réaux dirait que peu de femmes sont moins belles qu'elle ».

— Qu'on m'arrêtât, dit Galano.

— Oh ! fit Mme Nocio, en regardant son mari avec horreur.

Craignant un petit éclat de ressentiments domestiques, Rogas dit :

— Je dois vous enlever vos illusions : je ne suis pas venu pour vous arrêter.

— Je suis vraiment déçu, dit Galano, d'un ton précieux et, montrant Nocio : Vous le décevez, lui aussi.

— Je suis venu, dit Rogas, pour vous informer que, comme directeur de la revue *Révolution permanente,* et probablement comme auteur d'un article non signé sur l'administration de la Justice, vous êtes l'objet d'une poursuite pour outrage à la magistrature et pour instigation au délit d'atteinte à la sûreté de l'Etat.

— Toujours la même histoire, dit Galano.

— Oui, toujours la même histoire. Mais cette fois-ci dans un climat différent, vous le comprenez.

— Non, je ne comprends pas. Et même, je me refuse à comprendre. Car si on veut faire de moi une victime expiatoire pour ce carrousel de magistrats assassinés, cela veut dire que l'administration de la Justice va au-delà de nos accusations : et j'aurai donc matière à en écrire avec encore plus de violence.

— C'est donc bien vous qui avez écrit l'article.

— Je ne le nie pas et ne le confirme pas non plus. Vous me faites poursuivre en justice, nous nous verrons donc devant le tribunal ; mais je puis vous l'assurer : ce n'est pas moi qui pars en chasse pour tuer des magistrats.

— J'en suis convaincu.

— Personnellement ? Ou est-ce la police qui en est convaincue ?

— Personnellement.

— Pourquoi cela ? — Avec une pointe de déception.

— Peut-être par amour-propre.

— En effet, je me rappelle : vous suiviez une autre piste... La police, au contraire, a des soupçons sur moi ?

— Je n'ai pas dit cela. Ce que je peux vous déclarer, en revanche, c'est que la police a des soupçons sur votre article : ou plutôt sur les effets qu'un article comme le vôtre peut avoir produits sur un lecteur peu sensé, ou sur un groupe de lecteurs, sur une cellule extrémiste de vos aficionados.

— Oh non, mes articles, hélas, ne produisent pas de ces effets. Si cela était, c'est déjà depuis un bout de temps que celui-ci — il montra Nocio — se trouverait au Panthéon du Christ-Roi, dans la gloire des grands morts de la nation.

Le menton de Nocio trembla, comme celui d'un enfant sur le point de pleurer. Mais peut-être était-ce de colère.

— Tu es une canaille, dit-il.

Et il tenta d'adoucir l'insulte en souriant, comme s'il s'agissait d'une gaminerie.

— Et tu veux savoir pourquoi ? Parce que je soutiens que tu es un écrivain bourgeois et que tu as une responsabilité bien plus lourde que celle du ministre de la Sûreté Nationale ou du président de la Cour Suprême, ou même du plus atroce financier américain.

— Un écrivain bourgeois, moi ? — Et s'adressant à Rogas : Vous avez entendu ? Je suis un écrivain bougeois ! Dites-le-lui vous-même si la police me considère comme un écrivain bourgeois.

— Vilfredo, ne sois pas ridicule, intervint Mme Nocio, il ne te manquait plus qu'un certificat de la police, « Vilfredo Nocio n'est pas un écrivain bourgeois », signé de Tamborra.

Tamborra était le directeur général de la Police qui avait la réputation bien établie d'avoir une tenace aversion pour les intellectuels.

— Ferme ton bec, dit Nocio.

— Voilà bien la démonstration immédiate et limpide à quel point tu es un réactionnaire : « Ferme ton bec », parce que je suis une femme et parce que je suis ta femme.

— Parce que tout simplement ce n'est pas une bouche que tu as, mais un bec, un bec de perroquet, de pie voleuse, dit férocement Nocio.

— Non, non, dit Galano, il n'y a pas à dire : tu es un écrivain bourgeois, tu es bourgeois, tu vis en bourgeois, tu manges, tu dors et tu t'amuses comme un bourgeois.

— Je ne suis pas bourgeois, hurla Nocio.

Il était au bord de la crise.

— Excusez-moi... C'est à vous que je parle, dit Rogas à Galano ; et sa question était aussi une charitable tentative pour atténuer la tragédie de Nocio. — Quand vous dites : « Tu vis, tu manges, tu dors et tu t'amuses comme un bourgeois », que voulez-vous dire au juste ?

— Vous ne comprenez pas ?

— Non, je ne comprends pas.

— Tout ça, voyons, dit Galano.

Et de ses deux bras il circonscrivait idéalement et encadrait le studio, la maison, le jardin tout autour et la vie que Nocio menait au milieu de tout cela.

— En tout cas, toi, tu y vis pour le moment. Et chez toi ce n'est pas tellement différent, dit Nocio.

— Peut-être, mais j'y vis autrement, c'est là le hic, dit Galano d'un air triomphal.

— Tu manges comme moi, des prolétaires salariés te servent comme ils me servent, tu dors dans un lit à courtines comme le mien... Que dis-je ? Chez toi tu dors dans un lit qu'on t'a vendu en te le faisant passer pour celui de la marquise de Pompadour...

— On ne me l'a pas fait passer pour..., dit Galano, vexé. Il est authentique. Ce n'est pas comme ton lutrin qui a été fabriqué il y a quelques années à Evian et qui ne provient pas du tout de la villa de D'Annunzio à Arcachon. — Et s'adressant à Rogas : C'est très significatif, vous ne trouvez pas ? Il a acheté un lutrin pour la simple raison qu'on lui a fait croire que D'Annunzio y lisait Pétrarque.

— Bon, bon, mon lutrin est faux et ton lit authentique. L'intéressant est que ce lit, tu l'as acheté et tu y dors... En somme, tu vis comme moi, tu fais les mêmes dépenses, tu as les mêmes amis et les mêmes relations que moi ; tu ne fais qu'aller et venir de Saint-Moritz, de Taormina, de Monte-

Carlo ; tu joues au Casino, tu t'offres des amours vénales, comme je ne fais pas, moi, comme je n'ai jamais fait : mais je suis bourgeois et toi non.

— Etre ou n'être pas bourgeois, c'est ici que cela se tient, dit Galano, en se frappant le front de l'index.

— C'est bien commode, dit Rogas ; et il se leva pour partir.

— Vous ne pouvez pas comprendre, dit Galano avec mépris.

Le chef de la section politique était déçu et fatigué :

— A peine étiez-vous parti, racontait-il à Rogas, que Galano s'est accroché au téléphone. Il a téléphoné, dans l'ordre, au directeur général de la Banque de l'Ouest, au président des Laboratoires Pharmaceutiques Schiele, au directeur du journal gouvernemental *Ordre et Liberté* et à celui de l'hebdomadaire d'opposition *Rouge du soir*, au fameux couturier Gradivo, à l'actrice Marion Delavigne, au comte de Santo-Spirito, à l'ex-reine de Moldavie... (un truc de *Veuve Joyeuse*, non ?). A tous ces gens-là il a fait savoir, distraction modulée par la sonnerie du téléphone : drelin, drelin, qu'il avait reçu la visite d'un inspecteur de police et que, semblait-il, la police le soupçonnait d'être l'auteur de la systématique élimination des magistrats. Tous ces gens se sont énormément amusés de la nouvelle. Peut-on penser que des personnes de ce genre puissent faire partie d'un complot révolutionnaire et, de plus, en approuver des actes comme les assassinats de magistrats ? Le pensez-vous ?

— Et vous ?

Rogas se dit : « Il s'en faut d'un rien que ce bonhomme-là m'attribue la sottise d'avoir recherché Galano. »

— Moi, pas même en rêve... De toute façon, nous avons appris par les coups de téléphone de Galano une chose assez intéressante : à un certain moment, parlant à l'actrice, il a dit qu'à la rigueur la police devrait faire des recherches dans le groupe Zède, les néo-anarchistes, disciples d'un ex-prêtre, théoricien d'un anarchisme chrétien, évangélique, et financés par Narco. Lequel est pratiquement le patron des grands magasins HC (ce qui signifie, comme vous savez, Honnête Consommation). Je dois vous dire que ça me semble un peu fort de café que les néo-anarchistes consacrent leur temps à la chasse aux magistrats : il va falloir que je me mette à lire l'Evangile et aussi toutes les feuilles que publient ces gens du groupe Zède.

— En ce qui concerne l'Evangile, je peux vous dire en tout cas que vous y trouverez nombre de condamnations des juges et de l'action même de juger. Sans doute n'est-il pas évangélique d'en arriver à des voies de fait, comme nous disons dans la police. Mais qui sait comment des prêtres et des ex-prêtres lisent l'Evangile, quand ils le lisent. Et puis : « Je ne suis pas venu apporter la paix, mais l'épée. »

— Qui a dit cela ?

— C'est le Christ qui l'a dit.

— Eh oui, on y parle d'épée, en effet. Mais je n'aurais jamais cru que le Christ...

— Cela peut être une métaphore. L'épée, j'entends.

— Le calibre 38 n'en est pas une, le calibre 38 qui est l'épée dans le cas qui nous occupe... Voilà pourquoi je me défie de l'indication que Galano nous a offerte si gracieusement.

— Moi aussi.

— Mais nous l'avons et nous ne pouvons pas ne pas en tenir compte... Et je pense que c'est vous qui devriez vous en occuper... Galano, toujours parlant à l'actrice, a dit : « Ce soir, ils seront tous chez Narco ; si la police le savait... »

— D'après moi, Galano soupçonnait que le téléphone était sur écoute et il a voulu nous faire une blague.

— Vous croyez ?... Quoi qu'il en soit, blague ou pas blague, vous devrez vous rendre ce soir chez Narco. Naturellement, la maison sera cernée, mais discrètement, par des agents en bourgeois, qui arriveront un par un.

— Pourquoi ne venez-vous pas aussi ?

— Je ne peux pas, j'ai été convoqué chez le ministre.

— Alors, dites-moi ce que je dois faire, ce que je dois dire.

— Dites que vous voulez vous entretenir avec l'ex-prêtre, je ne me rappelle diantre pas comment il s'appelle ; ou que vous êtes à la recherche d'Un tel dont la présence vous a été signalée chez Narco : inventez n'importe quel nom... Cette idée de chercher un quidam qui n'existe pas me paraît excellente, elle justifie un contrôle d'identité de tous les gens qui seront là... En somme, je me fie à votre subtilité, à votre discrétion.

Pendant que Rogas, accompagné d'un brigadier, entrait dans le palais baroque qu'un cardinal avait fait construire et qu'habitait Narco, le président du tribunal de Tera tombait à son tour. Mais en ce moment l'inspecteur ne pensait ni aux crimes, ni à Crès qui, selon toute vraisemblance, en était l'auteur : il était préoccupé du fait qu'il se sentait glisser dans le ridicule et que son collègue de la section politique lui tournerait carrément le dos, dès que Rogas en aurait touché le fond : du ridicule comme de l'erreur.

Il déclina nom et qualité au portier. Lequel, après avoir appuyé sur un bouton, hurla ce nom et cette qualité dans un microphone invisible. On entendit une voix autoritaire :

— Faites-le monter ; escalier de service.

Le portier indiqua l'escalier à Rogas d'un geste nonchalant et dédaigneux. La porte était ouverte et le maître d'hôtel s'y trouvait comme pour empêcher de la franchir.

— Vous désirez ?

— Parler à monsieur Narco.

— Je ne sais pas si Monsieur pourra vous recevoir.

— Allez le lui demander.

Il revint avec une expression où l'arrogance se colorait d'amusement. Rogas en eut un pressentiment de mauvais augure, car les visages des domestiques annoncent toujours l'humeur des maîtres. Un long corridor, un petit salon très joliment arrangé, un salon orné de beaucoup de tableaux : Watteau, Fragonard, Boucher. « S'ils pouvaient être faux », espéra Rogas. Encore une porte : et ils se trouvèrent dans un très grand salon rempli de monde. Rogas sut aussitôt que son collègue de la section politique lui avait menti : il n'avait pas été convoqué par le ministre, puisque le ministre en personne s'avançait en compagnie d'un monsieur qui devait être Narco.

Le visage dur et sur un ton menaçant le ministre lui demanda :

— Que voulez-vous ?

Rogas choisit de ne pas le reconnaître.

— Parler à monsieur Narco, dit-il calmement.

— C'est moi, dit l'autre. Le ministre fit un geste qui voulait dire : tais-toi, c'est à moi qu'il appartient de remettre ces rustres à leur place. Et s'adressant à Rogas :

— D'abord, qui êtes-vous ?

— Je suis l'inspecteur Rogas. Et vous ?

— Il me demande qui je suis, dit le ministre à Narco, avec un sourire mêlé de dépit.

— Eh oui, il te demande qui tu es, reprit Narco. Doublement satisfait : de la blessure infligée à la vanité du ministre et de la situation angoissante dans laquelle l'inspecteur se trouverait sous peu.

— Vraiment, vous ne me reconnaissez pas ?

— Moi, oui, dit le brigadier, sur le ton exultant du gamin qui répond à la question à laquelle son camarade de classe n'a pas su répondre. Rogas était un bon acteur : il le regarda d'un air surpris et désappointé. Dans un murmure le brigadier lui dit :

— C'est notre ministre.

Ce « notre » calma le ministre. Il regarda Rogas d'un air disposé au pardon, à condition qu'on le lui demande. Rogas dit :

— Je vous prie de m'excuser, Excellence, mais je ne croyais pas...

— Qu'est-ce que vous ne croyiez pas ? Me trouver ici, chez mon ami Narco ?

— Je voulais dire : je ne croyais pas déranger une soirée entre amis.

— Vous l'avez dérangée. Et donc ?

— Nous sommes venus demander à monsieur Narco seulement une petite information, lui demander s'il connaît un certain Zervo.

— Pourquoi le connaîtrais-je ? demanda Narco.

— Parce qu'on nous a dit qu'il faisait partie du mouvement des néo-anarchistes chrétiens ; ou, en tout cas, qu'il le fréquente, même s'il n'en fait pas partie.

— Je n'ai jamais entendu ce nom-là, dit Narco, mais voyons si quelqu'un parmi nos amis le connaît... Venez.

Tous les quatre se dirigèrent vers les personnes, assises ou debout, qui faisaient cercle et s'étaient mises à discutailler en groupe et à ricaner à mi-voix, dès que Rogas et le brigadier étaient apparus. A son entrée dans le cercle Rogas découvrit, pelotonné avec élégance dans un grand fauteuil, Galano. Il fallait s'y attendre.

— Mon cher inspecteur, le salua joyeusement Galano. — Et s'adressant au ministre : Je dois te dire, mon cher Evariste, que tu es un fieffé menteur : tu as toujours nié que la police contrôlait nos téléphones ; eh bien, elle les contrôle, et comment !

La présence ici de l'inspecteur en est la preuve la plus sûre.

Evariste pâlit et demanda à Rogas :

— Est-ce vrai ?

Rogas répondit :

— Il ne me semble pas.

— Sublime ! dit Galano, celui-ci demande si c'est vrai, l'autre répond que non...

Il se leva pour se trouver face à face avec le ministre.

— Tu me prends pour un imbécile ? Allez, dis-le-moi, n'aie pas de scrupules : tu es un imbécile et je m'attends à ce que tu croies ce que je dis et ce que dit l'inspecteur.

— Je te donne ma parole que j'ignore tout de ces écoutes téléphoniques... Je ne nie pas qu'il y en ait quelquefois, mais toujours sur mandat judiciaire et pour des personnes sérieusement suspectes... Mais des contrôles politiques, cela non, je le nie absolument.

— C'est donc que je suis sérieusement suspect, car mon téléphone est certainement sur écoute... Pas le mien, pour être exact : celui de Vilfredo Nocio.

Toutes les personnes présentes poussèrent un cri de stupeur indignée.

— En tout cas, poursuivit Galano, permets-moi de te donner un conseil : au lieu de jouer la comédie ici avec ton inspecteur, fais-le appeler au ministère et fais-toi raconter comment et pourquoi il est venu ici ce soir.

— Venez à mon cabinet demain à dix heures, dit le ministre à Rogas.

— Naturellement, dit Galano, je ne saurai rien de ce que vous vous direz demain. Mais ce que je sais me suffit. Et j'en suis navré, mais dans le prochain numéro de *Révolution permanente* tu verras...

— Laisse tomber, dit Narco.

— Non et non, je ne peux pas laisser passer ça.

— Pour le moment, buvons, dit Narco, et il ordonna au valet :

— A boire pour l'inspecteur.

Rogas se rappela le : « A boire pour le Père » d'un fameux et ennuyeux roman italien [1] et pensa que l'épisode qui contenait cette phrase cadrait parfaitement avec le moment présent. Mais il se dit aussitôt : « Tu dérailles, tu n'as rien du Père Christophe. »

— Scotch, armagnac, champagne? demanda Narco.

— Non, merci.

— Buvez, buvez, dit le ministre, vous n'êtes plus en service : la mission pour laquelle vous êtes venu ici est terminée.

Le lendemain à dix heures Rogas trouva dans l'antichambre du ministre le chef de la section politique, qui avait été convoqué lui aussi, mais seulement depuis une demi-heure : et il en était comme suffoqué, consterné, atterré; en outre, le calme de Rogas augmentait sa frayeur, dans la certitude où il était que ce calme olympien trouvait sa source dans la décision de Rogas de faire

1. *Les Fiancés* de Manzoni (N.D.T.).

retomber sur lui toute la responsabilité de la malheureuse expédition chez Narco. Il n'aurait été que juste d'ailleurs que vis-à-vis du ministre il assumât cette responsabilité, mais, tout au contraire, il cherchait frénétiquement comment attribuer à Rogas sinon l'idée du plan, du moins les maladresses dans son exécution.

Mais l'humeur du ministre — toute bonhomie, au point de friser la camaraderie — dissipa les craintes du chef de la section politique dans la mesure exacte où elle inquiéta Rogas.

Après une énergique et cordiale poignée de main le ministre tint à souligner le caractère intime et familier de l'entretien en quittant son froid et rutilant bureau, tout couvert de téléphones, de sonnettes et de boutons, et en se dirigeant vers un coin de la grande pièce que fauteuils, guéridon et bar rendaient intime et familier.

Pour engager la conversation et, de plus, pour se libérer d'une épine qui le tourmentait, il demanda à Rogas, le visage souriant :

— Dites-moi, hier soir, vous ne m'avez vraiment pas reconnu ?

— Je vous ai reconnu tout de suite, Excellence, mais je voulais gagner du temps, me rendre compte de la situation...

— Très bien, dit le ministre. — Et se retournant vers le chef de la section politique : Inutile de dire que cette expédition d'hier soir a été de votre part une erreur ; mais...

— Excellence, je...

— Mais, écoutez-moi bien, je ne suis pas homme à pleurer ou à éclater pour une cruche cassée. Et il arrive parfois que les erreurs produisent des effets qui, bien que différents de ceux qu'on voulait obtenir, sont d'une utilité inattendue. Cette erreur d'hier soir a produit tout d'abord dans le salon de Narco un effet de triomphe pour Galano qui avait réussi à rouler la police et à avoir la preuve des écoutes téléphoniques... et aussi, naturellement, l'effet de me mettre dans l'embarras... Mais ensuite, après mon départ, j'ai su qu'on a émis des hypothèses tout à fait différentes sur le comportement de la police et sur la coïncidence de ma présence, précisément ce soir-là, chez Narco où je ne mettais plus les pieds depuis deux semaines : on a avancé que ni la police ni moi ne sommes des jobards et que nous devions avoir tendu un piège dans lequel Galano, en croyant nous rouler, était tombé. Ces gens-là, voyez-vous, sont terriblement sensibles et toute rêverie : et à force de s'escrimer à pénétrer des desseins que, hélas, nous sommes bien incapables de concevoir, ils sont passés en deux heures de la crânerie goguenarde à la peur la plus noire. Dans la nuit Galano s'est transporté de la villa de Nocio chez Schiele : il craignait d'être arrêté. Et il y a eu bien d'autres déménagements : d'un hôte chez un autre, de son propre logement chez un ami.

— C'est de la folie, dit Rogas.

— Oui, de la folie, dit le ministre. Mais justement, mon cher inspecteur, je joue sur leurs folles réactions. Je les fréquente beaucoup et à la protection je fais succéder la menace, et vice versa. Plus ils croient à la menace, plus je fais monter le prix de la protection. Car des groupes comme ceux de Galano et de Narco, spécialement celui de Narco, le groupe des catholiques révolutionnaires, m'arrangent. Ils me sont presque aussi utiles que la chaîne de l'Honnête Consommation qui, comme vous le savez, appartient à Narco. Pour parler brutalement, je consomme (c'est bien le cas de le dire ici) aujourd'hui l'œuf et demain la poule, en restant en relations avec eux. L'œuf du pouvoir et la poule de la révolution... Vous savez quelle est la situation politique ; de la politique pour ainsi dire institutionnalisée. En peu de mots : mon parti, qui gouverne mal depuis trente ans, vient d'avoir la révélation qu'on peut encore mieux mal gouverner en symbiose avec le Parti Révolutionnaire International ; spécialement si sur ce fauteuil — il montra le fauteuil derrière son bureau — venait s'asseoir le sieur Amar. Et la vision d'Amar faisant tirer depuis ce fauteuil sur les ouvriers en grève, sur les paysans réclamant des adductions d'eau, sur les étudiants demandant de ne plus étudier (comme mon prédécesseur, Dieu ait son âme, et même avec plus d'ardeur), cette vision, je le confesse, me séduit. Telles que se présentent les choses actuellement, ce n'est certes qu'un rêve. Amar n'est pas un imbécile : il sait très bien qu'il vaut mieux que je sois, plutôt que lui, sur ce fauteuil ; dans ce sens que tout le monde se sent plus à l'aise si c'est moi qui y suis installé, monsieur Amar compris.

— Dirigé par Votre Excellence, ce ministère... commença avec onction le chef de la section politique.

— C'est une ombre de ministère, je le sais. Et je sais aussi que vous préféreriez prendre vos ordres de monsieur Amar : mais, patience...

— Excellence! protesta le chef de la section politique.

— Mais si, mais si, je le sais et je ne m'en plains pas. Je vous l'ai déjà dit : moi aussi je céderais volontiers ma place à monsieur Amar. Mais, voyez-vous, ce pays n'en est pas encore arrivé à mépriser le parti de monsieur Amar au point où il méprise le mien. Dans notre système le signe du pouvoir est le mépris. Les hommes d'Amar font tout pour le mériter et ils auront le pouvoir. Quand ils le posséderont, ils sauront le légitimer. Car, si le système permet d'arriver au pouvoir par le mépris, c'est l'iniquité, l'exercice de l'injustice, qui le légitime. Pour nous autres, ceux de mon parti qui se partagent les portefeuilles ministériels, notre injustice est tempérée d'une certaine bienveillance : par nature et par politique; nous ne savons pas et nous ne pourrions pas accroître notre iniquité. Iniques, nous le sommes même de moins en moins. Or, vous, vous avez soif d'iniquité; et disant cela, je ne parle pas seulement de vous, de la police.

Le chef de la section politique regardait le ministre avec les yeux d'un lièvre pris dans la lumière d'un phare. Le ministre, lui, le regardait avec ironie. Rogas aussi; qui pensa du ministre : « C'est loin d'être un crétin », bien qu'ayant l'impression qu'il répétait des choses entendues ailleurs.

— Pour vous réconforter, dit le ministre au chef de la section politique, et aussi pour vous donner conscience des mérites que vous êtes en train d'acquérir et que vous pourrez faire valoir dans l'avenir, je peux vous dire que tout ce que vous faites actuellement, tout ce que je vous fais faire, répond pleinement au désir de monsieur Amar.

— Ce que je fais, Excellence ? Qu'est-ce donc que je fais ?

— Vous ne le savez pas, ce que vous faites ? dit le ministre sur un ton de stupeur ironique. Ainsi donc, continuez, continuez tous deux... A donner le plus d'ennuis possible aux groupuscules : perquisitions, interpellations, arrestations ; toujours, naturellement, avec l'autorisation des magistrats qualifiés... On en a tué un autre hier soir : vous pensez bien qu'ils ne vous refuseront rien.

— Je crois, Excellence, que nous avons abandonné la bonne piste pour en suivre une fausse ; je veux dire dans l'affaire des meurtres de magistrats.

Le ministre regarda Rogas avec commisération et méfiance. Il dit :

— Peut-être. Mais continuez à la suivre.

En sortant du ministère, le chef de la section politique demanda à Rogas :

— Que pensez-vous de tout cela ?

— Je n'ai pas d'opinion. Si j'en avais une, je changerais de métier. J'ai seulement des principes. Et vous ?

— Je n'ai ni opinions, ni principes ; mais ces propos du ministre...

— J'ai vu, vous en avez été bouleversé.

— Bouleversé, non. Il m'en faut plus que ça.

— Eh bien alors ?

— Rien... Je pensais : pourquoi, diable, vient-il me les dire à moi, ces choses-là ?

— Enfin, à nous.

— Il doit y avoir une raison, un calcul.

— Je suis sûr que vous le découvrirez, dit Rogas, en voilant l'ironie sous la flatterie.

— Sûrement, dit l'autre, mordant à l'hameçon de la flatterie.

— Bon. Mais qu'allons-nous faire maintenant ?

— En effet, qu'allons-nous faire ?

— Si vous permettez, j'irai faire une visite au président de la Cour Suprême. Son tour arrivera bien un jour ou l'autre.

— Son tour de quoi ?

— D'être assassiné. Que ce soit par mon homme ou par vos groupuscules.

— Vous croyez qu'ils oseraient aller jusqu'au président de la Cour Suprême ?

— Pourquoi pas ?

— Mon Dieu ! — Presque un gémissement.

— Je pense qu'il faut l'en avertir.

— Sans doute, mais avec précaution, avec tact.

— Voulez-vous y aller vous-même ?

Rogas employa le ton juste pour que le chef de la section politique ne sentît pas son autorité mise en cause et pour que dans le même temps il s'effrayât de la responsabilité.

— Non, non, allez-y. J'ai bien d'autres choses à faire. — En fait, rien.

— Bien, je m'y rendrai cet après-midi.

Le président de la Cour Suprême habitait le dernier étage d'une villa noyée dans la verdure d'un parc qui avait été autrefois la résidence d'été des ducs de San Concordio, non loin des murailles de la ville. L'Association pour la Sauvegarde des Espaces

Verts avait fait un scandale au moment de la transformation du parc en ensemble résidentiel, mais depuis lors, dans ce luxueux lotissement, étaient venus habiter deux ou trois membres du conseil directeur de l'association, deux ministres, une dizaine de députés (de foi politique, si l'on peut dire, différente), le président et le procureur de la Cour Suprême.

On entrait dans la propriété par une grille bien gardée. Rogas entra, en montrant au portier sa carte de police et avec la caution de l'agent qui se tenait à côté de la loge, en ciment et vitrée, dans laquelle le portier était encagé. On lui indiqua l'allée qui menait à la villa habitée par le président Richès. Elle serpentait en S entre de hauts arbres et débouchait brusquement sur une sorte de clairière, au centre de laquelle s'élevait la villa à trois étages d'une peu gracieuse, disons même disgracieuse, géométrie. Devant la villa stationnaient cinq grandes automobiles que Rogas, reconnut aussitôt (à l'importance de la carrosserie, leur couleur, leurs plaques immatriculées SE, car il n'entendait rien aux marques ni aux types d'automobiles) pour être des voitures du Service d'Etat. A côté, les cinq chauffeurs formaient un petit groupe. L'un d'eux était en uniforme : un sergent aviateur. En s'approchant, Rogas distingua et reconnut parmi les cinq chauffeurs celui du directeur général de la Police : en civil, mais qui salua Rogas militairement.

Dans une autre cage, entièrement vitrée celle-ci, se tenait un autre portier. De nouveau, Rogas exhiba sa carte de police, dit qu'il désirait parler au président Richès et demanda si Son Excellence pouvait le recevoir. Le portier referma son guichet et parla dans l'interphone. Ayant rouvert le guichet, il fit savoir que le président ne pouvait recevoir personne en ce moment et qu'en tout cas il fallait obtenir un rendez-vous et le faire inscrire sur un registre ad hoc.

— Puis-je espérer, dit Rogas avec une certaine ironie, que le président me recevra demain à cette heure-ci ?

— Vous pouvez toujours espérer, dit le portier d'un ton rogue. Et il nota sur une feuille : « président Richès, inspecteur de police demain 17 heures. »

— Merci, dit Rogas ; et involontairement, par habitude, par curiosité professionnelle, il ajouta en montrant les automobiles stationnées devant la villa : Ces messieurs sont chez le président ?

Le portier lui jeta un coup d'œil irrité et méfiant, et répondit à la question par une autre question :

— Pourquoi voulez-vous le savoir ?

Puis il referma sa cage, car il ne s'attendait pas à une réponse et n'en désirait d'ailleurs pas. Son pourquoi n'était qu'une leçon : il ne pouvait y avoir de vrai pourquoi, s'agissant de la curiosité d'un petit inspecteur de police à l'égard de personnes tellement plus puissantes que lui et à la puissance desquelles le portier avait le sentiment de participer. Rogas se dit : « Diantre, en effet, pourquoi ? » Non pas pourquoi il avait posé sa question, mais pourquoi cette réunion ?

Il repassa devant le petit groupe des chauffeurs et reçut de nouveau le salut de celui du directeur général. Pourquoi le directeur général de la Police, un officier supérieur d'aviation... Et les trois autres voitures ? Que le directeur général de la Police ait à conférer avec le président de la Cour Suprême, il n'y avait pas à s'en étonner. Cela était même normal : c'était dans les normes. Un peu moins normal chez eux qu'à leurs cabinets. Mais un officier aviateur ? Sauf s'il était juge au Tribunal militaire. Mais pourquoi, ensemble, directeur général de la Police et juge au Tribunal militaire ? Et les trois autres ?

Il passa la grille. La route, plutôt étroite, était à sens unique. Il fit une centaine de pas, jusqu'à l'arrêt — tête de ligne — de l'autobus. Cet autobus ne partait que toutes les heures, le quartier étant surtout habité par des gens qui ne l'utilisaient pas, et il n'était pas à l'arrêt. Rogas prit son journal et l'ouvrit à la page du supplément littéraire. On y parlait de la traduction d'un roman de Moravia, de nouvelles de Soljenitsyne, d'essais de Lévi-Strauss, Sartre, Lukács. Que des traductions. Il essaya de lire, mais à chaque voiture qui passait, il levait les yeux de son journal. Il avait décidé, sans le décider expressément, d'attendre le passage des cinq automobiles SE : pour voir qui se trouvait à l'intérieur ; il se pouvait fort bien que ce fussent les épouses de ces puissants personnages, lesquelles utilisaient davantage les voitures SE que leurs maris. Il était même fort probable que les voitures seraient occupées par ces dames : une réunion de femmes du monde aurait été plus logique, plus naturelle qu'une réunion de leurs maris. Mais le président Richès était célibataire et misogyne : il était donc exclu qu'il organise chez lui une réunion de femmes.

L'autobus arriva avec deux heures de retard, l'habituel retard dont tous les voyageurs de ce pays, même ceux qui prenaient l'avion, étaient gratifiés. Par bonheur dans le cas présent : car une personne qui laisserait partir l'autobus sans y monter attirerait l'attention. C'est ainsi que Rogas put voir passer les cinq automobiles à cinq minutes d'intervalle l'une de l'autre. Cinq par cinq : vingt-cinq ; vingt-cinq minutes intercalées dans le retard de l'autobus. Pourquoi pas ensemble, ces voitures ? Pourquoi l'une, puis l'autre ? Précaution ou préoccupation ? Pourquoi, à cause de quoi ?

Outre son directeur, Rogas reconnut dans une des voitures le général commandant la Gendarmerie Nationale et dans une autre, mais pas avec certitude, tellement il était rencogné dans le fond, au point qu'on pouvait la croire vide, le ministre des Affaires étrangères. Il ne reconnut pas les deux autres ; mais, dans l'automobile conduite par le sergent aviateur, devait se trouver un général d'aviation, même s'il était en civil. « Crétinerie de général, pensa Rogas, la précaution de se mettre en civil et de se faire conduire par un chauffeur en uniforme. »

Lorsque l'autobus arriva, Rogas y monta et se laissa tomber sur un siège, terriblement fatigué. Pendant qu'il réfléchissait et se posait question sur question, il n'avait pas senti la fatigue. Maintenant elle lui pesait, il la sentait aussi dans l'esprit. Mais il était habitué, quand une pensée débouchait sur l'inquiétude et devenait obsédante, à l'écarter résolument, à la masquer comme par un rideau. En l'occurrence, le supplément littéraire du journal fit office de rideau pendant toute la soirée.

Le lendemain, il fut convoqué d'urgence chez le directeur général de la Police. Celui-ci avait un air sombre et lourd de menace. Sans répondre au salut de Rogas et le laissant debout, il lui dit tout à trac :

— Vous avez été hier chez le président de la Cour Suprême. Pourquoi ?

Rogas expliqua pourquoi. La sombre expression du directeur se teinta d'ironie.

— Avec votre flair infaillible, dit-il, en chargeant le mot infaillible du poids de la faillibilité, vous êtes toujours fixé sur votre Crès ?

— Pas précisément, dit Rogas, je suis fixé sur l'attentat, qui peut se produire d'un moment à l'autre, à la vie du président Richès, du fait de mon Crès ou de vos groupuscules.

— Le président est bien protégé, dit le directeur.

— Je sais. Mais je voudrais, si vous n'y voyez pas d'inconvénient, avoir un entretien avec lui.

— Parce que vous ne voulez pas vous sortir ce Crès de la tête, voilà la vérité. Quoi qu'il en soit, allez chez le président, il vous attend cet après-midi. Il m'a téléphoné hier soir : il m'a dit que vous aviez été chez lui hier après-midi, mais qu'il n'avait pas pu vous recevoir ; et aussi que son portier lui avait rapporté certaines questions que vous aviez posées... Il en était plutôt agacé, croyez-moi.

— Une seule question, dit Rogas.

Et il pensa : « Nous y voilà. »

— Une seule question, c'est entendu, mais indiscrète.

— En voyant votre voiture, j'ai pensé que vous étiez venu chez le président pour la même raison que moi.

— Il y avait d'autres voitures immatriculées SE. Avez-vous cru que nous étions tous chez le président Richès pour la même raison ?

— Les autres voitures ne m'intéressaient pas.

— Vraiment ? dit le directeur ironiquement, sur le ton du doute.

— Vraiment pas. Si j'ai parlé au portier de toutes les voitures, c'est que je ne voulais pas lui préciser celle qui était l'objet de ma curiosité.

— D'ailleurs, nous n'étions pas chez Richès. L'ambassadeur d'Italie, qui habite la même villa, nous avait conviés à une petite réception d'après-midi. Vous savez comment sont les Italiens : ils vivent dans la crainte d'être, pour ainsi dire, snobés ; ils s'offensent pour un rien...

— Je comprends, dit Rogas.

— Allez donc chez le président. Mais attention : de la discrétion.

Le directeur indiqua du geste à Rogas que l'entretien était terminé et se plongea dans la lecture des papiers qu'il avait devant lui.

Naturellement, Rogas contrôla sans délai. Il s'enferma dans une cabine téléphonique, consulta l'annuaire et appela le numéro de la résidence de l'ambassadeur d'Italie, qui se trouvait en effet réellement dans la même villa que l'appartement du président. Au moment où il allait raccrocher, une voix irritée lui répondit :

— Veuillez m'excuser, dit Rogas, mais le général Fabert croit avoir oublié chez vous, hier soir, son porte-documents.

— Que dites-vous ? Quand cela ?

— Le général Fabert, hier soir.

— Et où donc ?

— Chez vous, chez l'ambassadeur.

— Ecoutez : l'ambassadeur est en vacances depuis deux semaines, l'appartement est fermé et c'est par pur hasard que je m'y trouve en ce moment. Ce général machin-chose a probablement oublié son porte-documents à la chancellerie de l'ambassade.

— C'est sans doute cela. Merci.

Il raccrocha, fort satisfait.

L'heure du déjeuner était arrivée, et Rogas se dirigea vers son restaurant du jeudi : car il en avait un pour chaque jour de la semaine, donc sept, qui le considéraient comme un bon client, mais pas assez sûr, ni assez stable pour qu'on puisse se permettre de le traiter mal.

Comme tout enquêteur qui se respecte, plus exactement qui a de soi-même le respect qu'il s'attend en retour à inspirer aux lecteurs, Rogas vivait seul ; et il n'y avait pas de femmes dans sa vie (il semble, il lui semblait vaguement à lui aussi, qu'autrefois il avait été marié). Il s'assit à son habituelle table d'angle, choisit avec soin menu et vin. Mais il mangea sans conviction, distraitement. A l'intérieur du problème posé par une série de crimes que par sa fonction, par profession, il se sentait tenu de résoudre — et il devait aussi soumettre l'auteur de ces crimes à la loi, sinon à la justice — un autre problème avait surgi, hautement criminel en l'espèce, un problème relatif à un crime prévu par les principes fondamentaux de l'Etat, mais qu'il ne pouvait résoudre, celui-ci, qu'en dehors de sa fonction, contre sa fonction. Il s'agissait pratiquement de défendre l'Etat contre ceux qui le représentaient, qui le détenaient. L'Etat détenu. Et il fallait le libérer. Mais lui aussi, Rogas, était en détention : il ne pouvait tenter que d'ouvrir une fissure dans le mur.

Il pensa à son ami Cusan ; et à aller passer la soirée chez lui, après son entretien avec le président Richès.

En sortant du restaurant, la pensée lui vint inopinément que le directeur, aussitôt après lui avoir donné congé, s'était certainement jeté sur le téléphone pour donner l'ordre de le prendre en filature. Elémentaire, il aurait dû y penser plus tôt. Et il sentit qu'il était dans la ligne de mire de quelqu'un. Ce regard gênait sa démarche, l'engluait. Il évitait de s'arrêter devant une vitrine, même quand il en avait envie : s'arrêter devant une vitrine est caractéristique de ceux qui craignent d'être filés ou le savent.

Il rentra chez lui en résistant avec peine à l'envie de se retourner. Il passa une heure à se raser et à lire un peu. En sortant de l'ascenseur, il vit au-delà de la porte vitrée, sur le trottoir d'en face, celui qui l'avait filé. Selon la bonne règle, c'était un autre qui devrait maintenant poursuivre la filature. Normalement, il le trouverait dans l'autobus. Et de fait, il l'y vit, d'un coup d'œil rapide et discret au moment où il descendait en tête de ligne.

L'homme le suivit jusqu'à la grille d'entrée et, naturellement, la passa derrière lui. Sans le voir, Rogas pouvait compter ses pas, il aurait pu dessiner un plan de tous ses mouvements. L'homme ferait une cinquantaine de mètres, reviendrait sur ses pas, mais sans passer la grille, puis il se mettrait en quête d'un téléphone pour demander la relève ; et finalement attendrait à la grille en se dissimulant au mieux, comme il pourrait. Rogas pensa : « Les chiens se dévorent entre eux. » Mais il y a chien et chien.

Dans la cage vitrée, au centre du hall d'entrée, le portier apparaissait, par un effet de lumière, comme un squale s'élançant contre la paroi d'un aquarium. Il reconnut Rogas et leva deux doigts vers lui : deuxième étage.

Au deuxième étage une des quatre portes s'ouvrit au moment où Rogas sortait de l'ascenseur. Un valet de chambre en gilet rayé, à coup sûr un agent de police (ou un ex-agent, d'après l'âge qu'il paraissait), l'introduisit sans un mot dans un bureau spacieux et ordonné. Au fond, sur un fauteuil de coin, était assis le président. Qui dit : « Avancez », et lorsque Rogas fut arrivé près de lui, indiqua un fauteuil. « Prenez place. » Rogas le salua et s'assit. Le président le dévisagea par-dessus ses lunettes, froid et vindicatif. Il tira deux bouffées de cigare et rejeta la fumée dans un rai de soleil qui la déploya comme un voile. Puis, lentement, immortel, invulnérable et méprisant en face de ce philistin insignifiant, vulnérable et mortel, il dit :

— Ainsi donc, vous croyez qu'ils m'assassineront.

— Je crois qu'ils tenteront de le faire.

— Les groupuscules ou cet homme qui, selon vous, a été victime d'une erreur? D'une erreur judiciaire, comme on a coutume de dire.

Et il prononça erreur judiciaire en faisant grincer les syllabes comme une lame sur la meule du rémouleur, avec des étincelles de mépris.

— Cet homme, Crès.

— Crès, c'est cela... Il avait tenté de tuer sa femme : un plan assez ingénu, dirais-je; mais de ceux qui réussissent facilement... Qu'a-t-il eu comme condamnation?

— Cinq ans en première instance : confirmés par vous en appel.

— Non, pas par moi, dit le président, repoussant cette allégation des deux mains ouvertes devant lui et tournées vers Rogas, comme pour éviter un contact déplaisant.

— Excusez-moi, je voulais dire : par la Cour que vous présidiez.

— C'est bien cela : par la Cour que je présidais, dit-il, avec la satisfaction condescendante du professeur qui a finalement obtenu une réponse acceptable d'un élève à l'esprit obtus. Et alors?

— Ce fut une erreur. Une erreur judiciaire, comme on a coutume de dire.

— A savoir?

— Il était innocent.

— Vraiment!

— Je crois que oui.

— Il était innocent, ou vous croyez qu'il l'était?

— Je crois qu'il était innocent. Je ne peux pas en être certain.

— Ah, vous ne pouvez pas en être certain ! — En souriant, railleur, imbu de sa certitude.

— J'ai seulement la conviction intime, mais pas absolue, avec même une marge de doute, qu'il a été condamné injustement.

— Pas absolue, une marge de doute... Amusant. — Et passant de la raillerie au ton dramatique, comme touché par une soudaine blessure au cœur : Vous êtes-vous jamais posé le problème du juge ?

Pendant un moment il se renversa sur son fauteuil, comme s'il allait entrer en agonie du fait de ce problème-là.

— Je me le suis posé depuis toujours, dit Rogas.

— Et vous l'avez résolu ?

— Non.

— Voyez : vous ne l'avez pas résolu... Moi oui, évidemment... Mais pas une fois pour toutes, pas définitivement. Ici, à l'heure qu'il est, parlant avec vous, je peux même dire que je ne l'ai pas résolu pour la prochaine cause qui sera soumise à la Cour que je présiderai. Mais, comprenez-moi bien, je parle de la prochaine cause ; non pas de celle dont j'ai eu dernièrement à connaître ou de telles autres d'il y a dix, vingt ou trente ans. Pour toutes les causes passées j'ai toujours résolu le problème, toujours ; et je l'ai résolu par le fait même de les juger, en les jugeant, au moment même... Etes-vous catholique pratiquant ?

— Non.

— Mais catholique ?

Rogas fit un geste qui voulait dire : comme tout le monde. Et il pensait vraiment que désormais tout le monde, et partout, était peu ou prou catholique.

— Eh oui, je comprends : comme tout le monde, interpréta avec exactitude le président. — Puis, adoptant l'expression du prêtre au catéchisme : Prenons, par exemple, la messe : le mystère de la transsubstantiation, le pain et le vin devenant corps, sang et âme du Christ. Le célébrant peut être indigne dans sa vie, dans ses pensées : le seul fait qu'il ait reçu les ordres a pour effet qu'à chaque célébration le mystère s'accomplit. Jamais, je dis bien jamais, il ne peut arriver que la transsubstantiation ne se produise pas. Tout de même un juge, quand il célèbre la loi : la justice ne peut pas ne pas se révéler, ne pas se transsubstantier, ne pas s'accomplir. D'abord, le juge peut se tourmenter, se ronger, se dire : tu n'es pas digne, tu es la proie de toutes les misères humaines, tu cèdes à tes instincts, tu es tout plein de pensées troubles, tu es sujet à toutes les faiblesses et à toutes les erreurs ; mais dans le moment où il célèbre la justice, plus rien de tout cela pour le juge. Et encore moins après. Vous imaginez-vous un prêtre qui, après avoir célébré la messe, se dirait : « Qui sait si cette fois encore la transsubstantiation s'est accomplie ? » Il n'y a aucun doute : elle s'est accomplie. Sûrement. Et j'ajouterai : inévitablement. Pensez à ce prêtre qui, assailli par le doute au moment de la consécration, eut ses vêtements liturgiques tachés de sang. Moi, je peux dire : aucune sentence n'a répandu de sang sur mes mains, n'a maculé ma toge...

Involontairement, Rogas exhala un soupir, presque un gémissement. Le président le regarda avec un air de dégoût. Et comme pour les feux d'artifice, lorsqu'on croit le dernier éteint, dans l'obscur silence étonné de la nuit il s'en allume un autre, encore plus lumineux, plus compliqué et fracassant, Richès dit :

— Naturellement, je ne suis pas catholique. Naturellement, je ne suis pas même chrétien.

— Naturellement, fit en écho Rogas. — En vérité, il n'en était pas surpris.

Le président ressentit la déception et l'agacement de l'illusionniste qui, aussitôt après son tour de prestidigitation, voit surgir un gamin pour dire qu'il a compris le truc. Avec une pointe d'hystérie dans la voix, il affirma :

— L'erreur judiciaire n'existe pas.

— Pourtant, les instances successives, la possibilité des recours, des appels..., objecta Rogas.

— ... supposent, pensez-vous, la possibilité d'erreur... Il n'en est rien. Ils supposent seulement l'existence d'une opinion qu'on peut appeler laïque sur la Justice, sur l'administration de la Justice. Une opinion qui demeure à l'extérieur de la Justice. Or, quand une religion commence à tenir compte de l'opinion laïque, elle est bien morte, même si elle ne le sait pas. Il en va de même pour la justice, pour l'administration de la justice : et si j'use du mot administration, ce n'est que pour vous faire plaisir ; de toute façon, sans la plus petite ombre de référence à un statut, à un règlement bureaucratique. — Puis, d'une voix sourde et persuasive, avec même un accent de mélancolie : Tout a commencé avec Jean Calas... Approximativement, bien sûr :

mais il est nécessaire pour fixer les idées de choisir des points précis, un nom, une date, quand on veut prendre conscience des grandes défaites et des grandes victoires de l'humanité...

— Vous avez dit : tout a commencé avec... ?

— Jean Calas : « Le meurtre de Calas, commis dans Toulouse, avec le glaive et la Justice, le 9 mars 1762, est un des plus singuliers événements qui méritent l'attention de notre âge et de la postérité. On oublie bientôt cette foule de morts qui a péri dans des batailles sans nombre, non seulement parce que c'est la fatalité inévitable de la guerre, mais parce que ceux qui meurent par le sort des armes pouvaient aussi donner la mort à leurs ennemis, et n'ont point péri sans se défendre. Là où le danger et l'avantage sont égaux, l'étonnement cesse, et la pitié même s'affaiblit ; mais si un père de famille innocent est livré aux mains de l'erreur, ou de la passion, ou du fanatisme ; si l'accusé n'a de défense que sa vertu ; si les arbitres de sa vie n'ont à risquer en l'égorgeant que de se tromper ; s'ils peuvent tuer impunément par un arrêt, alors le cri public s'élève, chacun craint pour soi-même... » L'auriez-vous lu ?

— *Traité sur la tolérance à l'occasion de la mort de Jean Calas,* récita Rogas.

— Ah, vous l'avez lu, constata le président. — Et narquois, mais sur un fond d'avertissement teinté de menace : Notre police s'accorde des luxes inimaginables.

— Je m'accorde quelques lectures, précisa Rogas.

— Et la police, elle, s'accorde le luxe de quelqu'un comme vous. Mais laissons cela... Jean Calas, donc... Le *Traité* et tout ce que Voltaire a écrit d'autre sur la mort de Calas, je le sais presque par cœur. Car c'est là le point de départ de l'erreur : de l'erreur qui consiste à croire que l'erreur judiciaire puisse exister... Evidemment, cette erreur ne jaillit pas du néant et ne demeure pas non plus telle quelle, immuable, isolée, encore moins isolable : elle naît d'un humus, de tout un contexte... J'ai eu beaucoup de temps dans ma vie, une infinité d'heures, de celles qu'on appelle libres, libres des soucis de bureau, mais pour moi il n'y a jamais eu d'heures libres dans ce sens : je les ai passées à réfuter Voltaire sur l'affaire Calas. Plus exactement à réfuter l'idée de la justice, de l'administration de la Justice, qui prend sa source dans cette cause criminelle, telle que Voltaire s'en fait l'interprète. — Il montra sur son bureau une grosse pile de cahiers : Elle est là, ma réfutation. C'est mon traité.

— Vous le publierez ?

La même question qu'il avait posée, quelques jours auparavant, à Vilfredo Nocio.

Au contraire de Nocio, le président ne s'en effraya pas.

— Certainement, je le publierai : dès que se feront jour les conditions qui peuvent en assurer le succès. Je ne parle pas, bien entendu, du succès matériel, sur le plan pratique ; je parle d'un succès idéal... Je crois même que nous n'en sommes plus très éloignés... Car, voyez-vous, l'avènement des masses est la condition qui permet de revenir en arrière et de repartir du bon pied. Suivez mon raisonnement... — Il s'avança sur son fauteuil et se pencha vers Rogas avec un sourire qui se voulait séducteur, le regard brillant d'une excitation fébrile, « comme il arrive, pensa Rogas, dans les asiles d'aliénés, où on rencontre toujours celui qui vous coince pour vous expliquer son utopie, sa *Civitas Dei,* son phalanstère ». — Suivez mon raisonnement : le point faible du traité de Voltaire, le point d'où je pars pour remettre les choses en ordre, se trouve dès la première page, lorsqu'il expose la différence entre la mort par le sort des armes, du fait de la guerre, et la mort, disons, par voie de justice. Or, cette différence n'existe pas : la justice est dans un perpétuel état d'alerte, dans un perpétuel état de guerre. Il en était ainsi au temps de Voltaire, mais on ne le voyait pas, et en tout cas Voltaire était trop sommaire pour s'en rendre compte. Mais de nos jours cela se voit : les masses ont rendu macroscopique ce qui jadis ne pouvait être vu que par un esprit subtil ; elles ont établi l'existence humaine dans un état de guerre total et absolu. J'oserai même aller jusqu'à ce paradoxe, qui pourrait fort bien être prémonitoire : la seule forme possible de justice, d'administration de la Justice, pourrait être — et sera — ce qui dans la guerre militaire s'appelle décimation. L'individu répond de l'humanité. Et l'humanité répond de l'individu. Il ne pourra y avoir d'autre façon d'administrer la justice. Je dirai plus : il n'y en a jamais eu d'autre. Mais maintenant vient le moment de la théoriser, de la codifier. Poursuivre le coupable, les coupables est impossible ; pratiquement, techniquement impossible. Ce n'est plus chercher l'aiguille dans une meule de foin, mais chercher dans la meule de foin le fétu de paille. Parmi les âneries courantes on disait autrefois qu'il est impossible de se rappeler le visage d'un Chinois, parce qu'ils se ressemblent tous. On s'est aperçu ensuite qu'au moins trois visages de Chinois sont inoubliables, et ils ne se ressemblent pas. Mais des millions d'hommes, des centaines de millions se ressemblent aujourd'hui : je ne dis pas physiquement, ou mieux, pas seulement physiquement. Il n'y a plus d'individus, il n'y a pas de responsabilités individuelles. Votre métier, mon cher ami, est devenu ridicule. Il présuppose l'existence de l'individu et l'individu n'existe pas. Il présuppose l'existence de Dieu, le Dieu qui aveugle les uns et éclaire les autres, le Dieu qui reste caché : et il est resté si longtemps caché que nous pouvons présumer qu'il est mort. Votre métier présuppose la paix et il y a la guerre... Voilà le point important : la guerre... Il y a la guerre : le déshonneur et le crime doivent être rejetés sur les corps de la masse, comme, dans les guerres militaires, sur les régiments, les divisions, les armées. Châtiés par le nombre. Jugés par le sort.

— Le nombre ne peut jamais être indéfini, dit Rogas.

— Comment ? Vous dites ?

Rogas ne répondit pas. Il pensait « argumentum ornithologicum ». Je ferme les yeux et je vois un vol d'oiseaux. La vision dure une seconde, peut-être moins. Leur nombre était-il ou non défini ? Le problème enveloppe celui de l'existence de Dieu. « Si Dieu existe, le nombre est défini, car Dieu sait combien d'oiseaux j'ai vus. Si Dieu n'existe pas, le nombre n'est pas défini, car personne n'a pu en faire le compte. Dans ce cas j'ai vu un nombre d'oiseaux, disons inférieur à dix et supérieur à un, mais je n'ai pas vu neuf, huit, sept, six, cinq, quatre, trois ni deux oiseaux. J'en ai vu un nombre compris entre dix et un, qui n'est ni neuf, ni huit, ni sept, ni six, ni cinq, etc. Ce nombre entier est inconcevable ; donc, Dieu existe [1]. » Lorsque dans sa mémoire la brève page se reconstitua tout comme elle est imprimée ici, il s'en détourna pour reporter son attention sur ce que disait le président : mais avec la nette impression que ce vol d'oiseaux qui, pendant une seconde et peut-être moins, avait traversé les yeux clos de Borges, était non seulement plus défini, mais bien plus réel que l'homme qui lui parlait et que toutes les choses qui l'environnaient.

Le président, continuant cette partie de son exposé que Rogas ne regrettait pas d'avoir perdue, disait :

— Du reste, le problème de la justice, pour Voltaire et pour tous ceux qui descendent de lui, paraît centré sur les délits qu'il appelle des délits locaux. Mais maintenant les masses, envahissant les codes comme un troupeau assoiffé... j'entends : assoiffé de délits..., ont effacé les délits locaux. Le juge n'a plus à se demander : « Je n'oserais punir à Raguse ce que je punis à Lorette. » Ce qui est puni à Raguse est puni à Lorette. Il serait d'ailleurs plus excat de dire : *ce qui ne se punit pas...* Bien

1. Jorge Luis Borges, *Enquêtes* (trad. Paul et Sylvia Benichou), Gallimard, 1968.

peu de choses sont punies, au jour d'aujourd'hui.

— Il ne me semble pas, dit Rogas. Et quant aux délits locaux : Lorette est en Italie, Raguse s'appelle maintenant Dubrovnik, en Yougoslavie ; on ne peut pas dire que ce qui est puni en Italie est également puni en Yougoslavie.

— C'est possible, c'est possible. — Avec un air d'incrédulité distraite.

— Vous ne le croyez pas ?

— Si vous tenez absolument à le savoir : non. Parce que vous commettez en ce moment l'erreur de considérer comme des délits locaux des délits qui sont au contraire universels et constants, c'est-à-dire toujours et partout punis : ces délits contre la légitimité de la force que seule la force, basculant de leur côté, peut abolir en tant que délits et assumer sous la forme, immuablement prête à la recevoir, de l'apparition de Dieu dans le monde. La seule apparition que le monde consent à Dieu... Pas au Dieu caché, bien entendu... Or, ce sont justement ces délits, la manière dont ces délits ont toujours été jugés et punis, le système, la procédure, qui forment les éléments solides de mon traité. Dans les procès de ce type la faute a toujours été et est encore poursuivie dans le mépris le plus absolu des arguments de défense des accusés. Qu'un accusé ait commis ou non la faute n'a jamais eu pour les juges la plus petite importance.

— Pourtant le fait que dans de tels procès on tente par tous les moyens d'obtenir des accusés la confession de la faute non commise...

— ... signifie exactement le contraire de ce que vous alliez dire... Rappelez-vous ce libelle sur le procès de 1630 à Milan contre des gens accusés de répandre la peste au moyen d'onguents pernicieux. L'auteur, un catholique italien, écrit que dans ce procès on voit à découvert l'injustice qui pouvait aussi bien être vue de ceux qui la commettaient, autrement dit : des juges[1]. Eh, certes, ils la voyaient ! Ils n'auraient pas été juges, s'ils ne l'avaient pas vue ; et encore moins l'auraient-ils été, si voir cette injustice les avait amenés à acquitter au lieu de condamner. En ce temps-là, la possibilité n'existait pas encore de répandre la peste par ces moyens, de cette façon — car de nos jours cette possibilité existe. Mais alors, à la charge des accusés, le mobile faisait défaut et il n'y avait pas l'ombre d'une preuve de leur culpabilité ; jusqu'aux éléments de présomption qui ne cadraient pas. Mais la peste, elle, était bien là : voilà le point. Le personnage, créé de toutes pièces par l'auteur du libelle, qui la niait, représentait en effet l'unique attitude laïque alors possible. Ridicule, naturellement. Mais Voltaire, un siècle après, ne l'est pas moins. Et de même, deux siècles après Voltaire, Bertrand Russell et Sartre.

— Mais la confession...

— Si vous donnez à ce mot un sens religieux et non pas technique, la confession d'une faute, de la part de celui qui ne l'a pas commise, établit ce que j'appelle le circuit de la légitimité. Est vraie la religion, est légitime le pouvoir, qui rendent l'homme à son état naturel de culpabilité : dans son corps et dans son esprit. Et de cet état de culpabilité

1. Alessandro Manzoni, *Storia della colonna infame.* (N.D.T.).

il est plus facile de dégager les éléments du délit qui emportent la conviction, plus facile et mieux, que de preuves objectives, qui n'existent pas ; il peut même arriver que ce soient les preuves objectives qui donnent lieu à ce que vous appelez erreur judiciaire.

— Justement. Dans le cas dont je suis venu vous entretenir, ce sont les preuves objectives qui ont donné lieu à l'erreur : Crès a été condamné...

— Cela ne m'intéresse pas, dit le président.

— Je comprends, dit Rogas, je comprends parfaitement. Mais voyez-vous, Excellence, mon rôle est de chercher le fétu de paille dans la meule, comme vous avez très justement dit. Et ce fétu est armé, il tire, il a déjà assassiné une dizaine de magistrats ; et sans commettre jusqu'à présent la moindre erreur, sans se laisser distraire. Je veux bien admettre que je fasse fausse route et que les coups viennent d'un tout autre côté. Reste en tout cas le problème de vous assurer une protection efficace, telle qu'elle puisse réduire à néant le projet de Crès ou des groupuscules... Vous-même, pensez-vous être suffisamment protégé, suffisamment en sûreté ?

Une ombre de peur passa sur le visage du président.

— Et vous, qu'en dites-vous ? demanda-t-il sur un ton inquiet, voilé de hauteur.

— Je dis que vous serez le plus protégé possible, le plus en sécurité possible, dans la mesure où vous ne vous sentirez pas protégé, pas en sécurité.

— Ah, fit le président. — Touché.

Rogas se retrouva dans l'ascenseur comme un somnambule ; et juste au moment où les battants s'ouvraient sur le hall d'entrée, il eut un court instant la sensation de se trouver face à un miroir. Sinon que dans le miroir se voyait un autre que lui.

— Excusez-moi, dit l'autre, en se glissant dans l'ascenseur, alors que Rogas en sortait.

— Je vous en prie, dit Rogas. — Soudain galvanisé, tendu, tous ses sens et la mémoire en éveil, éclatant en minuscules et très sensibles tentacules. Même stature que lui-même : un mètre soixante-quinze, ce qui justement, dans ce face-à-face imprévu et dans le faux jour du hall d'entrée, lui avait donné l'impression de se trouver devant un miroir. Très brun, mais avec des cheveux blancs qui créaient un fort contraste, les tempes dégarnies. Le nez légèrement aquilin ? Peut-être pas. Pas non plus vraiment maigre : plutôt robuste, bien portant. Il avait un peu engraissé, il avait blanchi, peut-être s'était-il fait remodeler le nez. Mais quelle identité avait-il prise ? Comment avait-il réussi à pénétrer dans la villa où, parmi d'autres importantes personnalités, habitait le président Richès ? Rogas se contrôla, sans un effort excessif : il faut le dire à son honneur, ou le contraire (comme il vous plaira). Car il eut la tentation, l'espace d'un éclair, de reprendre l'ascenseur et de revenir chez le président ; mais ce ne fut précisément qu'un éclair qui s'éteignit aussitôt dans le souvenir, plutôt cynique en la circonstance, de la phrase d'Innocent, quand il pointe son revolver sur le professeur, disciple de Schopenhauer (G.K. Chesterton, *Manalive*) : « Je ne le ferais pas avec le premier venu, mais nous sommes devenus, vous et moi, tellement amis ! » Phrase adressée naturellement, dans la pensée de Rogas, au président : à qui peut-être en ce moment même le revolver de Crès était en train de régler son compte. La phrase, se répétant visuellement en belle cursive devant Rogas, dessinait un cadre à ses réflexions successives ; elle s'évanouissait peu à peu sur un rythme musical (« Je-ne-le-fe-rais-pas-a-vec-le-premier-ve-nu », sur un air de chansonnette à la mode ; puis « mais nous sommes devenus, vous et moi, tellement amis ! », large phrasé à la Puccini, ton et timbre de baryton), lorsqu'il s'aperçut qu'il était dans l'autobus depuis déjà un bon moment ; que les lumières de la ville étaient allumées, nimbées de sirocco ; que les magasins fermaient et qu'il n'aurait donc plus le temps d'échapper à son suiveur, comme c'était son intention, en l'attirant derrière lui dans un grand magasin (de l'Honnête Consommation, pour être précis), où les innombrables portes, ascenseurs, escaliers mécaniques et surtout la foule permettent de semer le plus habile policier ou agent du C.I.S. (Centre d'Informations Spéciales). Rogas pensait en effet que les deux premiers suiveurs étaient des policiers, mais que l'agent qui le tenait pour l'heure en filature, et qui, dans l'autobus presque vide, s'était placé de façon à ne pas être surpris par sa sortie intempestive, était certainement du C.I.S. : on le voyait à ses vêtements de bonne coupe, à ses cheveux taillés court, à sa prestance d'homme bien nourri. Car, à la différence des Américains de même profession, modèles auxquels ils tentaient de ressembler, les agents du C.I.S. sacrifiaient, plus qu'ils n'auraient dû, à la bonne chère (sur notes de frais) et en revanche, moins qu'ils n'auraient dû aux exigences gymnastiques et sportives, prescrites par le règlement à la même fréquence que les prières dans la règle bénédictine.

L'agent ouvrit le journal du soir qu'il avait dans les mains. Rogas, de l'endroit où il se trouvait, lorgna les grands titres : un autre magistrat avait été assassiné ! Du coup, il se souvint d'un détail : Crès portait une petite valise. Et de ce détail il déduisit que l'homme n'était pas entré dans la villa pour tuer le président, mais parce qu'il y habitait. Simplement, il revenait de voyage : d'une ville où il avait réussi, quelques heures auparavant, à abattre encore un magistrat. Le président, il pouvait l'assassiner à sa guise : mais habiter cette villa était un stratagème si parfait que, pour ne pas le compromettre, il remettait sans cesse et continuerait à remettre sa décision. Et plus encore peut-être que la sécurité et l'invisibilité qu'il avait réussi à se créer, comptait pour Crès l'organisation bien agencée d'un plan préétabli, selon lequel, en maintenant en vie le président, il le tenait en réserve comme dans une chasse gardée (dans un poulailler), pour le banquet final.

La découverte inopinée pour Rogas du fait que Crès jouissait sous le même toit que le président de la Cour Suprême de l'asile le plus privilégié et le plus commode qui soit le mit dans un état de vive agitation. La marotte professionnelle, l'impatience de vérifier, de s'assurer des choses, se mêlait chez lui à la crainte que Crès, pendant leur fugitive rencontre, l'eût reconnu : et, dans le doute où il serait que l'inspecteur ait découvert son refuge, ou, qu'au cours de la brève et fortuite rencontre, il ait été effleuré d'un soupçon ou même seulement d'une impression, il pourrait de nouveau disparaître, renonçant à l'exécution du président ou l'ajournant à un moment plus opportun. Or, il n'y aurait jamais de moment plus opportun pour assassiner le président. A ceci près que Crès, s'il avait reconnu Rogas et s'il croyait avoir à son tour été reconnu, ne pourrait jamais imaginer que l'inspecteur de police que les journaux décrivaient lancé à sa poursuite, bien qu'en vain, avec obstination et ténacité, était en fait passé de son côté. Et même, comme un fanatique devant la télévision se délecte (se torture) d'une partie de football, prévoyant à l'avance, exhortant, implorant l'action décisive, la descente impétueuse sur le camp adverse, le tir au but victorieux, Rogas imaginait ce qu'il aurait fait à la place de Crès, ce que Crès devrait faire. Mais pour le moment il voulait être sûr de ne pas s'être trompé, être certain que l'homme était véritablement Crès. Revenir demander des informations aux portiers, aux agents ? Se mettre à la recherche du syndic de la villa ? Si Crès y habitait vraiment, on courait le risque que cette enquête vienne à sa connaissance, le mette sur le qui-vive et finalement en fuite.

A l'arrêt de la place Clio, Rogas descendit, d'un air insouciant. Il acheta le journal. Le meurtre du magistrat y était annoncé brièvement et en caractères gras. Tout en feuilletant le journal, il flâna sous les arcades. L'agent du C.I.S. semblait avoir disparu, mais Rogas savait qu'il se tenait dans l'endroit le moins éclairé de la place. Il entra dans un café, demanda du lait froid et un café chaud, sucra l'un et l'autre et les but successivement, très vite. Les deux sensations opposées et presque simultanées de froid et de chaud s'annulaient réciproquement et, de cette façon, son corps opposait pendant quelques minutes une certaine insensibilité à la terrible chape de plomb du sirocco qui pesait sur la ville. C'est ainsi que lui vint la bonne idée. Le café était presque désert et le téléphone situé de telle façon qu'un curieux n'aurait pu s'en approcher sans se mettre à découvert. Rogas composa le numéro (secret) du président Richès. Comme il l'avait prévu, c'est le valet de chambre qui répondit.

— Je suis l'inspecteur Rogas et je téléphone pour avoir de vous quelques informations de routine... Oui, oui, de vous... Je ne voudrais pas pour si peu déranger Son Excellence... Voici, j'aurais aimé avoir les noms des habitants de la villa... les noms et, si possible, quelques renseignements sur leurs activités, sur leur profession... Nous disons donc : l'ambassadeur d'Italie, le président de la radiotélévision nationale, le duc de Leiva, monsieur Ribeiro... Carlos Ribeiro... Espagnol ?... Ah, Portugais. Et que fait-il ce monsieur Ribeiro ? Est-il de l'ambassade du Portugal ?... Non ?... Arrêtons-nous un moment sur monsieur Ribeiro, voulez-vous ? Comment est-il ? Physiquement, je veux dire... Ah, un bel homme... un visage de Portugais... Vous voulez dire de peau foncée, de teint mat, c'est bien cela ?... Et des cheveux blancs... Bon, et comme autres personnes ?... — Mais cette dernière demande seulement pour ne pas donner au valet de chambre, ex-agent de police, le soupçon qu'il portait un intérêt particulier à M. Ribeiro.

Ainsi donc ? Crès avait pris le nom de Ribeiro. Un commerçant portugais. Visage de Portugais. Passeport portugais. Et riche comme un Portugais riche.

Le lendemain, qui tombait un vendredi, Rogas, pendant qu'il était sous la douche où il resta un bon moment, fit le programme de sa journée. Mais ce programme ne pouvait être mis en œuvre qu'à la condition expresse qu'il parvienne à se débarrasser des agents qui le filaient, car toutes les personnes qu'il rencontrerait désormais tomberaient automatiquement sous la surveillance de la police : qui sait pour combien de temps et avec quelles conséquences...

Il passa à son bureau où, pendant deux heures, il écrivit un rapport sur sa visite au président Richès. Il y mit toute son ironie, qu'aucun de ceux qui le liraient ne serait capable de saisir : du haut en bas de la hiérarchie à qui il était destiné, jusqu'au fureteur d'archives dans l'avenir, jusqu'à l'historien. Pays étranger à l'ironie, mais qu'importe, Rogas s'amusait quand même à en user. Et il conclut ainsi son rapport : « Depuis le moment où le soussigné a quitté la villa, habitée par le président Richès, il a la très nette impression d'être suivi par des personnes expérimentées, autrement dit aussi instruites pour cette tâche que si elles avaient suivi des cours dans un corps de la police d'Etat ou dans un institut de police privée. Si les autorités supérieures se sont souciées d'ordonner un service de filature pour la protection du soussigné, celui-ci ne peut qu'en exprimer sa gratitude, mais dans le même temps il se permet de faire observer combien ce service de protection, si coûteux par l'emploi d'un nombre important d'hommes qui se succèdent dans la filature, serait mieux employé pour assurer la protection des magistrats. Si toutefois les autorités supérieures ne l'avaient pas ordonné et qu'elles n'en aient nullement connaissance, le soussigné estime qu'il serait opportun, sinon absolument nécessaire, de faire en sorte que des agents de police, tout aussi habiles et expérimentés, soient chargés de filer ceux qui consacrent actuellement leur temps à le filer. »

L'heure était arrivée du rapport quotidien des fonctionnaires du service dans le bureau du chef de la section politique. Rogas s'y rendit. Mais point de rapport ce jour-là : le chef de la section politique, l'informa un de ses collègues, était en train d'interroger une jeune fille, des plus actives parmi les militants d'un groupuscule qui sévissait dans la ville où, le jour précédent, un magistrat avait été assassiné. Elle avait été amenée en avion dans la capitale, avec trois de ses camarades, et le chef de la section politique avait décidé de commencer par elle. « Parce que c'est une femme », pensa Rogas. Et : « La frappera-t-il avec une fleur ? » Il jeta un coup d'œil dans l'antichambre : il y avait là trois garçons dans l'attente d'être interrogés et une dizaine de policiers pour les garder. Barbus, les garçons, débraillés, regard et sourire méprisants ; aucun des trois n'ouvrait la bouche et, entre eux, ils ne s'adressaient même pas un regard. « Les pauvres », pensa encore Rogas : non parce qu'ils étaient sur le point d'être mis en présence d'un imbécile, non pas non plus parce qu'ils passaient un mauvais moment, petit désagrément en vérité. (Dans quelques heures ils seraient relâchés, fêtés, quasi décorés et anoblis pour cette journée passée en captivité.) Mais il éprouvait de la compassion pour eux et pour tous ces jeunes gens, chaque fois qu'il les rencontrait, barricadés dans leur mépris, dans leur rage. Certes, il y avait de quoi avoir du mépris, du dégoût, de quoi être enragé. Mais il y avait aussi de quoi rire.

Il descendit et arriva sur la place. C'était l'heure où la circulation étouffait la ville sous un embouteillage implacable. Trouver un taxi était impossible, il partit à pied et marcha sous le soleil d'un pas leste pendant un quart d'heure, puis il s'engagea dans la rue Frazer, calme, bordée d'un fil d'ombre. C'était une rue longue et droite, interdite aux automobiles dans les deux sens. Habitée par des gens riches, non pas des nouveaux riches, mais du temps où la richesse réussissait au moins à se transformer en décorum (*art déco,* en l'occurrence). Il entra au numéro 30 : y demeuraient trois générations de Pattos, armateurs, propriétaires du journal *L'Etoile,* amis du directeur général de la Police (« Vous m'en parlerez demain, car ce soir je dîne chez les Pattos »). Rogas, lui, jouissait en revanche de l'amitié du portier : il avait apporté la preuve de son innocence un jour que, pour un gros vol commis chez les Pattos, la police croyait dur comme fer à sa culpabilité. Rapidement, Rogas écourta les effusions et expliqua au portier ce qu'il attendait de lui : faire semblant de parler dans l'interphone avec les maîtres de maison, qui en réalité étaient en villégiature, comme pour annoncer une visite ; l'accompagner jusqu'à l'ascenseur ; attendre enfin que ce monsieur, là dehors (il n'était pas encore là, mais trente secondes ne se seraient pas écoulées qu'il apparaîtrait), que donc ce monsieur vienne le questionner à son sujet, demander chez qui il était allé ; et lui répondre qu'il était allé chez le vieux M. Pattos. L'agent du C.I.S. parut que déjà le portier parlait dans l'interphone : parlant en fait du grave ennui dont Rogas l'avait tiré. Puis il se leva pour accompagner Rogas à l'ascenseur. Rogas monta jusqu'au dernier étage et redescendit par l'escalier. Il se plaça de manière à entendre, sans être vu, le dialogue entre le portier et l'agent du C.I.S.

— Ce monsieur qui vient d'entrer, chez qui est-il allé ? demanda l'agent.

— Pourquoi voulez-vous le savoir ? — Du tac au tac. Typique.

— Curiosité, dit l'agent. — Sur un ton de froide menace.

— Il est allé chez monsieur Pattos.

— Pattos qui ?

— Pattos Pattos, dit le portier avec une certaine fierté.

— L'armateur ?

— L'armateur.

— Bien. Quand il descendra, ne lui dites pas que quelqu'un est venu vous poser des questions à son sujet. Compris ?

— Compris.

Il s'en alla. Et s'en alla aussi Rogas, en traversant l'espèce de crypte habitée par le portier, et en sortant sur la rue Pirenne, parallèle à la rue Frazer, mais sans rues transversales entre elles ; si bien que pour y arriver, l'agent du C.I.S. aurait dû faire un kilomètre : mais en ce moment, le soupçon que Rogas lui avait échappé ne l'effleurait certainement pas ; il savourait l'importante nouvelle qu'il venait d'apprendre et qu'il allait communiquer immédiatement à ses patrons : car on ne se rend chez des personnes importantes que pour des choses importantes.

D'un café Rogas téléphona à Cusan et lui donna rendez-vous dans un restaurant de la proche banlieue ; il téléphona également à une station de taxis pour qu'on vienne le prendre. Et une demi-heure plus tard il était attablé sous une tonnelle, dégustant à petits coups un vin blanc très froid. Que Cusan fût en retard offrait un petit avantage : cela permettait à Rogas de mettre de l'ordre dans les faits, dans ses hypothèses, dans ses prévisions. Avec lucidité, aidé par la fraîcheur que lui apportaient et le vin et le vent qui venait des vignes ; mais sur un fond d'inquiétude, d'insécurité, peut-être de peur.

Il raconta tout à Cusan.

Cusan était un écrivain engagé : c'est pourquoi il tomba dans un profond accablement à se trouver entraîné, engagé dans ces secrets, dans ces dangers. Mais c'était un homme honnête, un ami loyal : et après avoir tenté de tous côtés, sur chaque point faible, de renverser ce château d'impressions, de déductions, d'hypothèses, il s'aperçut qu'il y était bel et bien, lui aussi, enfermé, avec Rogas : comme dans un labyrinthe dont il fallait, pour en sortir, trouver le fil d'Ariane. Un fil, il y en avait bien un à portée de la main : c'était celui qui menait directement à la sortie par l'oubli de tout. Plusieurs fois, ce fil affleura au milieu de leurs pensées, ils furent l'un et l'autre sur le point de s'en saisir. Le grand charme du lieu, les mets, le vin exquis ; l'image des doux et chers visages paternel et maternel répétant le « qui t'y oblige ? » que, dans ce pays, deux millénaires d'histoire rendaient augural et fatidique ; les souvenirs de leur jeunesse insouciante qui revenaient en foule à chacune de leurs rencontres, la soif de comprendre encore tant de choses, de découvrir encore d'autres pays, d'autres mondes, de lire encore d'autres livres, à l'approche d'une maturité et d'une sérénité vers lesquelles ils sentaient bien qu'ils s'acheminaient (sauf cancer ou infarctus) : tout concourait à orienter leurs esprits vers ce fil du salut, de l'oubli. Mais ils ne se le dirent pas ; et chacun d'eux rougissait de le penser sans le dire, bien que l'un comme l'autre auraient eu plus de honte à le dire qu'à le penser. Et puis, sous la volonté et la conscience, il y avait aussi, tapie, mauvaise, l'attente réciproque que l'autre cédât.

Et Cusan en donna des signes lorsque, ayant envisagé d'un commun accord la meilleure solution, il s'offrit pour remplir la mission qu'il fallait accomplir. Dans le ton plus que dans les mots on pouvait percevoir, si l'on peut dire, d'imperceptibles nuances de résignation, unies à une détermination héroïque. Et plus il insistait, plus il avançait de raisons pour démontrer qu'il était tout désigné pour cette mission, plus ces nuances devenaient perceptibles.

— Je connais parfaitement Amar, je suis certain qu'il m'estime, qu'il a confiance en moi... Et moi, je peux l'approcher sans donner de soupçons... Un écrivain qui se rend chez le secrétaire général du Parti Révolutionnaire International : rien là qui puisse provoquer de la part de la police ou du C.I.S. le moindre intérêt. Que peut bien vouloir d'Amar un écrivain ? Un prix littéraire, la signature d'un manifeste de protestation, un témoignage sur des libertés bafouées, sur certains droits foulés aux pieds. Pour moi, aucun risque. Toi, en revanche...

Rogas dit non et non encore.

— J'irai moi-même chez Amar : demain. Je trouverai la manière la plus sûre. C'est mon métier : un chasseur qui joue le rôle du lapin sait certainement mieux se tirer d'affaire qu'un lapin... Ne te fais pas de souci : demain, après avoir parlé avec Amar, je viendrai te voir : à condition naturellement que je réussisse à me débarrasser de mon ange gardien.

— Mais si, avant d'aller chez Amar, tu n'es pas absolument certain que personne ne te suit, alors téléphone-moi et c'est moi qui irai, offrit encore une fois Cusan.

— Je m'en débarrasserai. Comme tu le vois, j'y ai réussi aujourd'hui.

Et de la main il fit un geste qui désignait tout autour d'eux les inoffensifs clients qui s'attardaient dans le jardin du restaurant à jouir du bon vin et de la fraîcheur de la tramontane. Mais il se trompait.

« On peut être plus rusé qu'un autre, mais pas plus que tous les autres. » (La Bruyère ?)

Le lendemain samedi, Rogas ne donna pas signe de vie, ni dans la matinée du dimanche : c'est-à-dire dans le temps où il pouvait encore, en prenant l'expression au pied de la lettre, donner signe de vie.

Le dimanche à midi, alors qu'il prenait son déjeuner, Cusan, qui avait comme d'habitude ouvert sa télévision dans la pièce voisine, pour entendre les nouvelles du jour sans en voir les nébuleuses et lugubres images, apprit que Rogas était mort. Le speaker, avec cette fêlure émue de commisération dans la voix, réservée aux tremblements de terre et aux catastrophes aériennes, annonça : « Ce matin à onze heures, dans une salle de la Galerie Nationale, un groupe de visiteurs étrangers a découvert le cadavre d'un homme d'environ quarante ans. La police, immédiatement accourue, a identifié le mort comme étant l'inspecteur Americo Rogas, un des plus connus et des plus habiles limiers de la Police Nationale, et a sommairement établi la cause de sa mort : trois coups d'arme à feu. L'inspecteur serrait dans la main droite son revolver d'ordonnance... Mais c'est une autre et bien plus grave découverte que devaient faire aussitôt après les agents de police : dans la salle contiguë gisait le corps du secrétaire général du Parti Révolutionnaire International, Amar, lui aussi abattu de coups provenant d'une arme à feu, probablement la même. » La tête à claques du speaker disparut aux yeux de Cusan, qui s'était transporté devant son téléviseur. On voyait maintenant se succéder la grande porte de la Galerie Nationale, l'escalier, l'enfilade des salles. La salle XII. Une masse sombre au pied d'un portrait en pied. « Le corps de monsieur Amar a été trouvé sous le fameux portrait de Lazaro Cardeñas par Vélasquez. » Salle XI. Une autre masse sombre aux pieds d'une Madone entourée d'anges et de saints. « Celui de l'inspecteur de police sous la toile de la Madone à la Chaîne, d'un peintre florentin inconnu du quinzième siècle... Voici maintenant comment on peut reconstituer les faits, d'après les témoignages et les hypothèses des enquêteurs. » Apparition sur l'écran d'un visage effrayé. « Ce matin, vous étiez de service à la porte, dans la loge des gardiens ; avez-vous vu entrer les deux personnes qui ont été tuées ? — Oui, oui, je les ai vues entrer... le premier arrivé a été ce monsieur qui était un inspecteur de police, à ce qu'on dit. Dix minutes plus tard environ est arrivé l'autre, monsieur Amar. — Donc, ils n'étaient pas ensemble. — Non, non, sûrement pas. — Et puis ? — Et puis, c'est un jeune qui est arrivé : blond, grand, une belle barbe. — Quel genre de barbe ? — Comment vous dire ?... Une barbe de franciscain. — Et comment était-il habillé ? — Pantalon noir, très serré. Une chemise avec des broderies. Et il tenait à la main, au bout d'un cordon, un petit sac noir. — Combien de minutes après monsieur Amar est arrivé ce jeune barbu blond ? — Deux, trois minutes. — Et après, est-il arrivé quelqu'un d'autre ? — Personne jusqu'à onze heures environ, quand est entré le troupeau des Américains... Excusez-moi, nous appelons troupeaux, entre nous, les groupes de touristes, comme ça, par plaisanterie. — Et le jeune homme, l'avez-vous vu sortir ? — Oui, quelques minutes avant l'entrée du groupe de touristes. — Etait-il agité, courait-il ? — Pas du tout. Il était tout ce qu'il y a de plus calme. — Dites-moi, si vous le rencontriez, vous le reconnaîtriez ? — A l'heure qu'il est, il s'est fait couper la barbe, c'est sûr ; comment voulez-vous que je le reconnaisse sans barbe ? » Il disparut de l'écran avec un sourire de soulagement. « Et voici le gardien du premier étage de la Galerie. » Visage inquiet, tic nerveux des zygomatiques entre l'œil et la bouche. « Et vous, qu'avez-vous vu ? — Rien : ils sont passés tous les trois devant moi dans l'ordre et dans le temps que mon collègue vous a dits. — Où vous trouviez-vous ? — Dans la première salle. — Et vous n'avez pas bougé ? — A aucun moment. — Et vous n'avez rien entendu ? — Absolument rien. — Avez-vous vu le jeune homme s'en aller ? — Oui, je l'ai vu. » Fondu enchaîné.

« Ecoutons maintenant l'inspecteur de police qui dirige l'enquête. C'est monsieur Blom, chef de la section politique... Excusez ma question, inspecteur, mais pourquoi l'enquête a-t-elle été confiée à la section politique ? » Le visage de l'inspecteur, marqué par les tribulations bureaucratiques et par la dyspepsie, s'éclaira d'un sourire plein de commisération : « Monsieur Amar était un homme politique ; et habituellement un homme politique est assassiné pour des raisons politiques. — Auriez-vous une idée précise des raisons politiques pour lesquelles il a été assassiné ? — Oui, j'en ai une idée précise. — Vous ne pouvez évidemment pas nous en parler. — Evidemment pas. — Pourriez-vous au moins nous dire quelle a été, selon vous, la succession des faits ? — Voici : il faut tout d'abord avoir présent à l'esprit qu'aussi bien monsieur Amar que mon collègue Rogas, qui ne se connaissaient pas, que je sache, aimaient tous deux profiter de leur temps libre pour visiter galeries et musées. Monsieur Amar était l'homme cultivé et raffiné que tout le monde connaît ; et pareillement, mon collègue Rogas était considéré, parmi nous, comme un homme d'une solide culture. » Il dit cela avec une légère grimace : comme si toute solide culture se soldait toujours, inévitablement, par des coups d'arme à feu. Et de bonne mesure. « Ce matin, par hasard, il se trouve que tous deux sont venus, presque à la même heure, visiter la Galerie Nationale. La revisiter, dirais-je, car l'un comme l'autre, me disent leurs amis respectifs, aimaient revoir certaines peintures. Monsieur Amar, par exemple, tenait le portrait de Lazaro Cardeñas par Vélasquez, sous lequel il a été tué, pour un des chefs-d'œuvre de la peinture mondiale. Ils se sont donc trouvés ici tous deux. D'abord est arrivé Rogas, puis monsieur Amar. La Galerie, comme toujours aux premières heures d'ouverture, était déserte. Le troisième arrivé n'était pas, de toute évidence, un amateur de peinture : il suivait monsieur Amar (il est entré deux ou trois minutes après lui), et sinon avec un plan précis, certainement avec un projet criminel. La Galerie déserte, monsieur Amar inhabituellement seul. Quelle meilleure occasion à mettre à profit ? Il ne tint pas compte du fait que quelqu'un d'autre pouvait être déjà entré auparavant. Mais ce fut une étourderie de peu de conséquences, si nous considérons que la présence de Rogas fut résolue pour l'assassin par un second crime... Selon moi, Rogas se trouvait dans la quatorzième salle, ou dans la quinzième, quand il entendit le coup tiré dans la salle douze... Très probablement le revolver de l'assassin était muni d'un silencieux, ce qui explique que le gardien, dans la première salle, n'ait rien entendu. Mais le bruit n'échappa pas à Rogas, plus proche et à l'oreille plus experte. Il courut à la salle douze, vit le cadavre de monsieur Amar. Il sortit alors son revolver et ici se pose un petit problème : il rejoignit l'assassin dans la salle onze et celui-ci, qui tenait encore son arme à la main, se retourna et tira ses trois coups ; ou bien, entendant que quelqu'un arrivait des salles suivant la salle douze, l'assassin se plaqua contre le mur, près de la porte par laquelle Rogas devait passer, pour l'abattre ensuite dans le dos. Selon moi, cette deuxième hypothèse est la bonne, mais l'autopsie nous le dira. » La figure de l'inspecteur s'effaça et celle du speaker réapparut. De douloureux qu'il était quelques instants auparavant, son visage, intensément contracté par une sorte de rictus, semblait le masque même de l'affliction. « Avant de donner la parole au vice-secrétaire général du Parti Révolutionnaire International, nous devons communiquer une terrible nouvelle : son Excellence monsieur Richès, président de la Cour Suprême, a été assassiné à son domicile. L'assassin, dont on ne sait comment il a réussi à s'introduire dans la villa, gardée avec beaucoup de vigilance, a profité de l'absence, habituelle le dimanche matin, du vieux et fidèle domestique du président... Nous donnerons de plus amples détails dans nos informations de quatorze heures. »

Cusan savait par qui et comment le président Richès avait été tué. Il savait que ce n'était pas par hasard qu'Amar et Rogas se trouvaient ensemble à la Galerie Nationale. Et il savait, du moins il croyait savoir, car à partir de ce qu'il savait il pouvait facilement imaginer, que précisément leur rencontre (ce que Rogas avait dit à Amar, la réaction d'Amar aux révélations de Rogas) devait se sceller dans la mort. Il n'était sans doute pas impossible que le jeune homme blond, grand, à la barbe franciscaine, à la chemise brodée, appartînt au monde que journaux et télévision indiqueraient sous peu et dénonceraient ensuite avec une certitude absolue; ni que ce jeune homme ait suivi Amar pour l'abattre dans une occasion propice. Mais pour Cusan il était plus simple de penser — c'était pour lui indiscutable — que l'homme poursuivi était Rogas : et par un agent du C.I.S. barbifié et déguisé à propos, comme il devait y en avoir beaucoup ainsi travestis, lâchés parmi les groupuscules et dans les lieux de culte de l'héroïne et du LSD. Rogas lui-même devait en avoir plus d'un aux trousses si, échappant au premier (et il ne serait pas allé au rendez-vous, s'il n'avait pas été absolument certain de l'avoir semé), il ne s'était pas aperçu qu'il en avait un autre sur les talons. Arrivé à ce point de ses réflexions, Cusan sentit, en même temps que la chaleur suffocante de cette journée et de cette heure du jour, la sueur glacée de la peur. Et s'il en avait été ainsi hier, pensa-t-il, pendant son entretien avec Rogas dans le restaurant des environs ? Rogas avait la certitude de n'avoir pas été suivi, parce qu'il avait laissé l'agent qui le suivait planté devant la maison Pattos ; mais il pouvait y en avoir eu un autre et même — qui sait ? — plus d'un, en voiture, prêts à s'élancer dans toutes les directions. Même la trouvaille d'entrer par la porte cochère et de ressortir sur une autre rue par une porte secondaire ne devait pas être inaccessible aux agents du C.I.S., rompus à toutes les ruses et donc très capables de les prévenir. Peut-être la trouvaille des deux portes aurait-elle suffi à duper la police. Mais pas *eux*. Et déjà Cusan les sentait diaboliquement omniprésents et tout-puissants, lémures implacables qui rampaient et voltigeaient tout autour des choses de sa vie, les ternissant de violence et de mort. Ce Rogas, dans quel pétrin l'avait-il mis ! Brusquement, il limita la rancœur qui montait en lui à un détail, à une particularité de Rogas : qui faisait bien son métier, mais avait un certain dédain pour les instruments que la technique mettait à la disposition de ce métier. En refusant d'en user, il finissait par oublier que les autres en usaient. Ce qui l'avait perdu, ce qui allait le perdre, lui aussi Cusan, c'était peut-être un petit poste radio émetteur-récepteur, de ceux qu'on trouve maintenant, même au rayon des jouets dans les grands magasins.

« Ne te laisse pas prendre de panique, se dit-il. Pauvre Rogas. Pauvre Amar. Pauvre pays, notre pauvre pays. » Ce disant, il observait, à travers les vitres de sa fenêtre, la rue noyée de soleil et déserte, comme si elle était le ravin d'un cañon : l'embuscade silencieuse, le coup sec du tireur abattant l'explorateur qui s'y aventure. Aussitôt il s'éloigna de la fenêtre, car le tireur pouvait aussi bien se trouver derrière la fenêtre d'en face.

Seul à la maison, sa femme et ses enfants à la mer. Toujours seul dans les moments difficiles. Quels moments difficiles ? Il en chercha qui ressemblassent à celui qu'il traversait. Mais celui-ci n'était pas vraiment un moment difficile : c'était la fin. Cette pensée de sa fin, de la mort qui l'attendait dans le cañon, s'apaisait lentement pour se figer dans le calme, la sérénité, peut-être aussi le sommeil. Telle une transparence, derrière laquelle les faits, les hommes, les choses campaient comme en quarantaine. Désinfectés. Aseptiques.

Il reprit peur, maintenant que le cañon était dans l'ombre. « A présent, dit-il, je vais tout écrire. »

Il écrivit pendant plus de deux heures. Il se relut. « Bien. Très bien. Peut-être sont-ce les seules pages de moi qui resteront : un document. » Il plia en deux le document. Où le mettre ? *Don Quichotte, Guerre et paix,* la *Recherche ?* Un livre à sauver, un livre qui sauve le document.

Naturellement, il choisit *Don Quichotte.* Puis il écrivit une lettre : « Dans ma bibliothèque, armoire E, troisième rayon, entre les pages de *Don Quichotte,* un document sur la mort d'Amar et de Rogas. Et sur la mienne. » Il la mit sous enveloppe, la cacheta. Mais à qui l'adresser ? A sa femme, au vice-secrétaire général du Parti Révolutionnaire, au président de l'Union des Ecrivains ? Il pensa aussi à l'abbé de Saint-Damien qui avait été un de ses bons camarades au lycée. Il décida finalement de se l'adresser à lui-même. Mais il fallait sortir pour la poster. Il laissa la lumière allumée dans son bureau et n'en alluma pas d'autre pour gagner l'escalier. Il descendit dans le noir et sortit. De rares passants, un couple enlacé qui se trémoussait à qui mieux mieux : au coin de la rue, là où justement se trouvait la boîte aux lettres. Cusan passa sur l'autre trottoir; quand il fut à la hauteur du couple, il s'arrêta pour le regarder : comme un voyeur, mais en vérité pour distinguer, dans les formes enchevêtrées, la réalité de la fiction. Il se rassura. La fiction ne pouvait aller jusque-là. Il retraversa la rue, mit sa lettre à la boîte. Au milieu d'un amas de cheveux et de barbe, un œil — d'elle ou de lui — brilla d'un éclair de moquerie : si tu veux regarder, tu n'as pas besoin du prétexte de poster une lettre. Irrité, Cusan pensa : « Ce sont les libertins qui préparent les révolutions, mais ce sont les puritains qui les font ; eux, les frétillants du coin de la rue et toute la génération à laquelle ils appartiennent, jamais ils n'en feront une. Peut-être leurs fils : et ce seraient alors des puritains. »

Ainsi divaguant, il revint chez lui. Il n'avait plus peur, mais ne réussit pas pour autant à s'endormir.

Le lendemain, il téléphona à un de ses amis, ancien critique littéraire et théoricien de l'engagement (mais d'un engagement concocté chez soi, comme certains biscuits dont on se transmet la recette dans les familles : « C'est tout autre chose si vous ajoutez une pincée de sel, ou un rien de gingembre, ou de vanille »), théoricien de l'engagement donc et, pour l'heure, éminence nullement grise, bien au contraire : bigarrée, chatoyante, diaprée, des affaires culturelles du Parti Révolutionnaire. Cusan le pria de lui obtenir, très rapidement, un entretien confidentiel avec le vice-secrétaire général.

— Viens demain aux funérailles — politique culturelle — et je pourrai te dire quelque chose.

— Certainement, je viendrai. (Il se sentait encore un écrivain engagé.) Mais toi, n'oublie pas de lui en parler, au vice-secrétaire, le plus tôt possible : il s'agit d'une chose urgente et très confidentielle.

Il resta chez lui toute la journée : le lundi. Le mardi, les funérailles : celles de Rogas à l'église Saint-Roch, pleine de policiers, de drapeaux, de bannières (pauvre Rogas) ; celles d'Amar dans le hall du siège central du Parti. Il y en avait d'autres, au Palais de Justice : celles du président Richès. La nation était en deuil ; mais la ville, avec les couleurs de tous ces drapeaux en berne par cette splendide journée d'été, paraissait en fête. Parfois on voyait un certain nombre de gens s'agglomérer tout à coup : citoyens amoureux de l'ordre qui entouraient quelque imprudent, sorti le nez au vent en barbe et cheveux, pour lui contester le droit d'assassiner policiers, magistrats et représentants du Parti Révolutionnaire ; non moins, bien sûr, que le droit d'exister. Il y eut des tentatives de lynchage.

Nombre de ces imprudents, spécialement les barbus dotés de poils blonds, finirent à l'hôpital ; mais on n'eut à déplorer aucun décès, grâce à l'opportune intervention des forces de l'ordre contre les citoyens amoureux de l'ordre.

Grâce à la confusion qui régnait dans le hall et à l'émotion générale qui entourait le cercueil d'Amar, Cusan put approcher un instant son ami, qui lui dit : « Demain après-midi, à cinq heures, ici. » C'est-à-dire au siège central. Après quoi, s'étant acquitté de l'obligation de se faire voir aux funérailles, il rentra chez lui. Il remarqua dans sa boîte la lettre qu'il s'était expédiée à lui-même. Il l'y laissa : ce serait à sa femme de la prendre, si la même fin que Rogas (pauvre Rogas) devait lui échoir, avant qu'il n'ait rencontré le vice-secrétaire du Parti. Mais désormais il se rendait compte que, vis-à-vis de lui-même, se glissait dans sa peur une certaine invention imaginative, une certaine complaisance : il s'y insinuait pourtant des sursauts vrais, spécialement quand un meuble craquait, quand une vitre tintait.

Mercredi après-midi, à quatre heures, il appela un taxi et se fit conduire au siège central du Parti Révolutionnaire. Il arriva naturellement très en avance sur l'heure fixée pour le rendez-vous ; et il fit les cent pas dans la rue avec une héroïque et provocante lenteur, dans l'attente du coup de feu. Qui ne vint pas.

A cinq heures moins trois, il franchit la porte, traversa le hall et gravit le grand escalier baroque. Il en était encore à se perdre en considérations sur le baroque, quand le vice-secrétaire vint au-devant de lui et le mena pour le recevoir dans le grand et sévère bureau qui avait été celui d'Amar et dans lequel Amar n'était plus présent que par un portrait de jeunesse, peint par un des plus prestigieux artistes qui militaient dans le Parti.

— Nous n'arrivons pas encore à y croire, dit le vice-secrétaire, en montrant le portrait.

Phrase classique qu'affligés et porteurs de condoléances prononcent aux visites de deuil. Mais il y croyait.

— Eh oui : incroyable, dit Cusan.

Silence. Puis le vice-secrétaire dit :

— Je vous attendais... Non, je ne dis pas maintenant, à ce rendez-vous fixé par l'intermédiaire de notre ami commun... Je vous attendais, disons, depuis dimanche soir... Connaissant votre sérieux, votre loyauté, votre amitié à l'égard de notre Parti... Amar vous admirait beaucoup, le saviez-vous ?... Je n'ai pas douté un instant, en somme, que tôt ou tard vous viendriez ici nous expliquer, tirer au clair...

— Mais...

— Nous avons su que vous avez eu un entretien avec ce Rogas, le jour avant qu'il n'allât au-devant d'Amar : samedi.

— Oui, en effet, j'ai eu un entretien avec Rogas.

Et, inquiet, il se demanda : « Pourquoi *ce* Rogas ? »

— Nous l'avons su, comprenez-moi bien, non pas directement, mais par des informations qui nous ont été transmises par certaines personnes... Et nous avons dit à ces personnes que nous avions une entière confiance en vous, en votre sérieux, en votre discrétion... Et en votre intelligence, cela va sans dire.

Pour le moment, l'intelligence de Cusan était semblable, en vérité, à un moteur noyé. Il dit :

— Je suis venu pour vous répéter tout ce que Rogas m'a dit pendant notre entretien.

— Cela vous déplairait que je fasse un enregistrement de ce que vous allez me dire ? Pour votre sécurité, afin que ces personnes, dont je vous parlais, sachent exactement la part que vous avez prise dans l'affaire. — Il sourit. — De cette façon, ils vous laisseront tranquille. — Et de nouveau il demanda : Cela vous déplairait ?

Cela déplaisait fort à Cusan. Et il ne comprenait pas. Mais il dit :

— Non, cela ne me déplaît pas.

Le vice-secrétaire pressa un bouton sur son bureau.

— Voilà nous y sommes, dit-il.

Cusan commença à parler. L'insomnie et les affres des derniers jours lui donnaient des souvenirs d'une grande clarté : il répéta ce qu'il avait écrit dans le mémoire enfoui dans *Don Quichotte*.

Lorsqu'il eut terminé, le vice-secrétaire tambourina nerveusement sur son bureau, en le fixant d'un regard indéchiffrable. Puis il prit un air sombre et solennel et dit :

— Monsieur Cusan... — Une longue pause et : Que penseriez-vous, monsieur Cusan, si je vous disais qu'Amar a été tué par votre ami Rogas ?

C'était comme si une trappe s'était ouverte sous ses pieds. Chancelant, Cusan put dire encore :

— Impossible.

Le vice-secrétaire ouvrit un tiroir de son bureau, en retira une chemise et la tendit à Cusan qui la prit mécaniquement.

— Lisez, dit le vice-secrétaire. — Mais comme Cusan demeurait stupide, à le regarder, il expliqua : Ce sont des photocopies de l'expertise balistique, de l'analyse nécroscopique, des rapports de police et de la déclaration de l'agent qui a abattu Rogas.

— Rogas a donc bien été abattu par un agent, comme je le soupçonnais.

— Oui, mais parce que Rogas avait tué Amar.

— Je ne peux pas y croire.

— Ecoutez-moi, monsieur Cusan... — Car Cusan, l'esprit en plein désarroi, était comme égaré. — Ecoutez-moi : samedi matin Rogas se rendit à la Chambre des Représentants, réussit à approcher Amar et lui parla d'un complot qu'il avait découvert. Je ne sais pas exactement ce qu'ils se dirent. Amar m'informa simplement que quelqu'un de la police était venu lui faire des révélations sur un complot et qu'ils devaient se revoir le lendemain à la Galerie Nationale. Ici s'arrêtent nos informations directes. Et entre en scène le Centre d'Informations Spéciales : lequel, pour des soupçons qui, hélas, ne se sont révélés que trop fondés, surveillait Rogas depuis un certain temps.

— Justement parce que Rogas avait éventé le complot.

— C'est possible : mais le fait est que c'est Rogas, et non un des conspirateurs, qui a assassiné Amar.

— Mais pourquoi ?... Je veux dire : pourquoi donc croyez-vous que c'est Rogas qui a tué Amar ?

— Parce que dans les documents que je vous ai donné à lire il y a une logique, une vérité... Amar a été tué par le revolver que Rogas tenait en main quand il a été tué à son tour : des experts dignes de foi, et des camarades de notre Parti, l'ont vérifié et il ne peut y avoir sur ce point l'ombre d'un doute... Vous penserez peut-être, et nous l'avons pensé nous-mêmes, que Rogas a été tué en premier et qu'il y a eut ensuite une mise en scène... Mais il est établi qu'il n'y avait qu'un seul agent du Centre d'Informations Spéciales à la Galerie Nationale, et celui-ci aurait dû : tuer Rogas ; lui enlever son revolver ; tuer Amar. Et Amar : qu'aurait-il fait, Amar, pendant que l'agent prenait le revolver de Rogas, gisant à terre ? Il aurait attendu son tour ?... Vous le savez : c'était un homme aux réflexes rapides, il avait fait la guérilla, il faisait du sport : natation, tennis. Il aurait réagi, il me semble, non ? Et dans ce cas, pour que l'agent pût mener son plan à bonne fin, il aurait fallu : tuer Rogas ; étourdir Amar d'une façon ou d'une autre ; prendre le revolver de Rogas ; tirer sur Amar. Mais sur le corps d'Amar on n'a relevé aucune trace, pas la moindre, de contusion, d'égratignure. Alors ?... Alors nous devons bien admettre, dans cette hypothèse, que Rogas était complice de l'agent du C.I.S. : il a abattu Amar, sans se douter qu'il allait être à son tour abattu.

— Impossible, dit Cusan.

— Nous le pensons, nous aussi. Mais pas en hommage à la mémoire de Rogas.

— Je le connaissais bien, dit Cusan.

— Pas suffisamment, monsieur Cusan, pas suffisamment.

— Mais enfin, pourquoi aurait-il tué Amar?

— Nous ne le savons pas. Mais il l'a tué.

— Qu'a bien pu dire Amar pour provoquer chez Rogas...

— Monsieur Cusan... — Sur un ton de reproche attristé.

— Je voulais dire : pour provoquer chez Rogas une colère sans frein, une ivresse de fureur, quelque chose de semblable.

— Voyez-vous : votre ami ne nous aimait certes pas...

— C'est vrai, assurément pas : mais il avait le culte de l'opposition; et en fait d'opposition, le Parti Révolutionnaire... En somme, il le respectait... Et lors de notre dernier entretien, quand je lui ai donné le conseil de parler à Amar, conseil qu'il attendait sûrement de moi, il répondit qu'il n'y avait pas d'autre voie.

— Eh oui, c'est cela, dit le vice-secrétaire avec ironie, il n'y avait pas d'autre voie : parler à Amar par le truchement d'un revolver.

— Incroyable. C'est à en devenir fou, dit Cusan.

— Lisez les rapports, dit le vice-secrétaire.

Cusan les lut.

— Mais pourquoi avoir tué Rogas? demanda-t-il. Pourquoi ne l'avoir pas entendu, ne pas l'avoir poursuivi devant les tribunaux?

— La raison d'Etat, monsieur Cusan : elle existe encore, comme au temps de Richelieu. Et dans le cas présent, elle coïncide, disons, avec la raison de Parti : l'agent du C.I.S. a pris la décision la plus sage qu'il pouvait prendre : tuer aussi Rogas.

— Mais la raison de Parti... Vous... Le mensonge, la vérité : en somme... — Cusan balbutiait.

— Soyons réalistes, monsieur Cusan. Nous ne pouvions pas courir le risque d'une révolution. Et il ajouta : Pas pour le moment.

— Je comprends, dit Cusan. Pas pour le moment.

NOTE

Voici dix ans exactement qu'en publiant une note en conclusion de ma nouvelle *Le jour de la chouette*, je me suis donné, comme on dit, des verges pour me faire battre. J'avais écrit cette note comme une morale de fable : feignant, puisque j'avais écrit contre la mafia, d'avoir peur de la loi, peur qu'en revanche les membres de la mafia ne ressentaient pas [1]. Mais la plupart des lecteurs la prirent à la lettre; et il se trouve encore des gens qui m'en blâment.

Pour cette note-ci, j'espère qu'elle sera prise comme l'autre ne devait pas l'être : à la lettre. Voici : j'ai écrit cette parodie (travestissement burlesque d'une œuvre sérieuse que j'ai rêvé —

1. Leonardo Sciascia, *Le jour de la chouette* (Flammarion, 1963. Trad. J. Bertrand) :

« Je ne me sens pas assez héroïque pour courir au-devant d'une inculpation d'injures et diffamation... Lorsque je me suis aperçu que mon imagination n'avait pas tenu compte, comme il se doit, des limites que les lois imposent et plus encore de la susceptibilité de ceux qui les font respecter, je me suis mis à tailler, à rogner, à couper. »

mais non tenté — d'écrire, utilisation paradoxale de clichés définis) en partant d'un fait divers : un homme accusé de tentative d'homicide sur sa femme, accusation fondée sur un enchaînement d'indices qui me semblèrent avoir pu fort bien être fabriqués, combinés et présentés par la femme elle-même. Autour de cette affaire, la fantaisie me fit imaginer l'histoire d'un homme qui se met à assassiner des magistrats de toute sorte, et d'un policier qui, à un certain moment, devient son alter ego. Un divertissement. Mais les choses prirent un tout autre tour : à un certain point, en effet, l'histoire commença à se dérouler dans un pays absolument imaginaire ; un pays où n'avaient plus cours les idées, où les principes — encore proclamés et célébrés — étaient quotidiennement tournés en dérision, où les idéologies étaient réduites à la seule politique, à de simples dénominations pour la distribution des rôles que le pouvoir s'attribuait dans le jeu, un pays où le pouvoir seul comptait. Un pays imaginaire, je le répète. Et sans doute on peut penser à l'Italie, on peut penser à la Sicile ; mais dans le sens indiqué par mon ami Guttuso quand il dit : « Même lorsque je peins une pomme, la Sicile est là. » La lumière. La couleur. Et le ver qui, de l'intérieur, la mange ? Voilà, justement. Le ver, dans ma parodie, est tout d'imagination. La lumière, la couleur (y en a-t-il, d'ailleurs ?), les situations, les péripéties, les détails peuvent être siciliens et italiens ; mais la substance (si elle existe) veut être celle d'un apologue sur le pouvoir dans le monde, sur le pouvoir qui, de plus en plus et graduellement, prend la forme obscure d'une chaîne de connivences, approximativement la forme de la mafia. Et enfin : que ceux qui, commençant à lire, dès les premières lignes, l'assassinat du procureur, diront : « Nous y voici », en pensant à l'assassinat du procureur Scaglione à Palerme, considèrent que cette première partie de la parodie était alors déjà publiée : dans le numéro 1, janvier-février 1971, de la revue sicilienne *Questioni di letteratura.* Ce qui m'amène à dire que, pratiquement, j'ai conservé plus de deux ans cette parodie dans mon tiroir. Pourquoi ? Je ne saurais le dire exactement, mais voici peut-être une explication : j'ai commencé à l'écrire avec amusement et je l'ai finie alors que je n'avais plus envie de rire.

DU MÊME AUTEUR

Aux Éditions Denoël
(Coll. « Les Lettres Nouvelles »)

A CHACUN SON DÛ

LE CONSEIL D'ÉGYPTE

LES ONCLES DE SICILE

LES PAROISSES DE REGALPETRA

L'ÉVÊQUE, LE VICE-ROI ET LES POIS CHICHES

TODO MODO

LE CLIQUET DE LA FOLIE

LE CONTEXTE

LA MER COULEUR DE VIN

Aux Éditions Flammarion :

LE JOUR DE LA CHOUETTE

Impression Bussière à Saint-Amand (Cher),
le 28 avril 1986.
Dépôt légal : avril 1986.
1er dépôt légal dans la collection : novembre 1978.
Numéro d'imprimeur : 1318.

ISBN 2-07-037074-7./Imprimé en France.
Précédemment publié par les Éditions Denoël.
ISBN 2-207-28156-6.